我们仨

1950年清華校慶日，攝於清華大學新林院宿舍。我家住這宅房子的西側，小門內是我們三人的臥室，窗內是客廳。我抱的是小貓"花花兒"，剛滿月不久。陽台下是大片空地。

目錄

第一部　我們倆老了

有一晚，我做了一個夢。我和鍾書一同散步，說說笑笑，走到了不知什麼地方。太陽已經下山，黃昏薄暮，蒼蒼茫茫中，忽然鍾書不見了。我四顧尋找，不見他的影蹤。我喊他，沒人應。只我一人，站在荒郊野地裏，鍾書不知到哪裏去了。我大聲呼喊，連名帶姓地喊。喊聲落在曠野裏，好像給吞吃了似的，沒留下一點依稀彷彿的音響。徹底的寂靜，給沉沉夜色增添了份量，也加深了我的孤淒。往前看去，是一層深似一層的昏暗。我腳下是一條沙土路，旁邊有林木，有潺潺流水，看不清楚溪流有多麼寬廣。向後看去，好像是連片的屋宇房舍，是有人煙的去處，但不見燈火，想必相離很遠了。鍾書自顧自先回家了嗎？我也得回家呀。我正待尋覓歸路，忽見一個老人拉著一輛空的黃包車，忙攔住他。他倒也停了車。可是我怎麼也說不出要到哪裏去，惶急中忽然醒了。鍾書在我旁邊的床上睡得正酣呢。

我轉側了半夜等鍾書醒來，就告訴他我做了一個夢，如此這般；於是埋怨他怎麼一聲不響地撇下我自顧自走了。鍾書並不爲我夢中的他辯護，只安慰我說：那是老人的夢，他也常做。

是的，這類的夢我又做過多次，夢境不同而情味總相似。往往是我們兩人從一個地方出來，他一晃眼不見了。我到處問詢，無人理我。我或是來回尋找，走入一連串的死胡同，或獨在昏暗的車站等車，等那末一班車，車也總不來。夢中淒淒惶惶，好像只要能找到他，就能一同回家。

鍾書大概是記著我的埋怨，叫我做了一個長達萬里的夢。

第二部　我們仨失散了

這是一個「萬里長夢」。夢境歷歷如真，醒來還如在夢中。但夢畢竟是夢，徹頭徹尾完全是夢。

一、走上古驛道

已經是晚飯以後，他們父女兩個玩得正酣。鍾書怪可憐地大聲求救：「娘，娘，阿圓欺我！」

阿圓理直氣壯地喊：「Mummy娘！爸爸做壞事！當場拿獲！」（我們每個人都有許多稱呼，隨口叫。）

「做壞事」就是在她屋裏搗亂。

我走進阿圓臥房一看究竟。只見她床頭枕上壘著高高一壘大辭典，上面放一只四腳朝天的小板凳，凳腳上端端正正站著一雙沾滿塵土的皮鞋——顯然是阿圓回家後剛脫下的，一隻鞋裏塞一個筆筒，裏面有阿圓的毛筆、畫筆、鉛筆、圓珠筆等，另一隻鞋裏塞一個掃床的笤帚把。沿著枕頭是阿圓帶回家的大書包。接下是橫放著的一本一本大小各式的書，後面拖著我給阿圓的長把「鞋拔」，大概算是尾巴。阿圓站在床和書桌間的夾道裏，把爸爸攔在書桌和鋼琴之間。阿圓得意地說：「當場拿獲！」

鍾書把自己縮得不能再小，緊閉著眼睛說：「我不在這裏！」他笑得都站不直了。我隔著他的肚皮，也能看到他肚子裏翻滾的笑浪。

阿圓說：「有這種 alibi 嗎？」（注：alibi，不在犯罪現場的證據。）

我忍不住也笑了。三個人都在笑。客廳裏電話鈴響了幾聲，我們才聽到。

接電話照例是我的事（寫回信是鍾書的事）。我趕忙去接。沒聽清是誰打來的，只聽到對方找錢鍾書去開會。我忙說：「錢鍾書還病著呢，我是他的老伴兒，我代他請假吧。」對方不理，只命令說：「明天報到，不帶包，不帶筆記本，上午九點有車來接。」

我忙說：「請問在什麼地點報到？我可以讓司機同志來代他請假。」

對方說：「地點在山上，司機找不到。明天上午九點有車來接。不帶包，不帶筆記本。上午九點。」電話就掛斷了。

鍾書和阿圓都已聽到我的對答。鍾書早一溜煙過來坐在我旁邊的沙發上。阿圓也跟出來，挨著爸爸，坐在沙發的扶手上。她學得幾句安慰小孩子的順口溜，每逢爸爸「因病請假」，小兒賴學似的心虛害怕，就用來安慰爸爸：「提勒提勒耳朵，胡嚕胡嚕毛，我們的爸爸嚇不著。」（「爸爸」原作「孩子」。）

我講明了電話那邊傳來的話，很抱歉沒敢問明開什麼會。按說，鍾書是八十四歲的老人了，又是大病之後，而且他也不擔任什麼需他開會的職務。我對鍾書說：「明天車來，我代你去報到。」

鍾書並不怪我不問問明白。他一聲不響地起身到臥房去，自己開了衣櫃的門，取出他出門穿的衣服，掛在衣架上，還挑了一條乾淨手絹，放在衣袋裏。他是準備親自去報到，不需我代表——他也許知道我不能代表。

我和阿圓還只顧捉摸開什麼會。鍾書沒精打采地幹完他的晚事（洗洗換換），乖乖地睡了。他向例早睡早起，我晚睡晚起，阿圓晚睡早起。

第二天早上，阿圓老早做了自己的早飯，吃完就到學校上課去。我們兩人的早飯總是鍾書做的。他燒開了水，泡上濃香的紅茶，熱了牛奶（我們吃牛奶紅茶），煮好老嫩合適的雞蛋，用烤麵包機烤好麵包，從冰箱裏拿出黃油、果醬等放在桌上。我起床和他一起吃早飯。然後我收拾飯桌，刷鍋洗碗，等他穿著整齊，就一同下樓散散步，等候汽車來接。

將近九點，我們同站在樓門口等待。開來一輛大黑汽車，車裏出來一個穿制服的司機。他問明錢鍾書的身分，就開了車門，讓他上車。隨即關上車門，好像防我跟上去似的。我站在樓門口，眼看著那輛車穩穩地開走了。我不識汽車是什麼牌子，也沒注意車牌的號碼。

我一個人上樓回家。自從去春鍾書大病，我陪住醫院護理，等到他病癒回家，我腳軟頭暈，成了風吹能倒的人。近期我才硬朗起來，能獨立行走，不再需扶牆摸壁。但是我常常覺得年紀不饒人，我已力不從心。

我家的阿姨是鐘點工。她在我家已做了十多年，因家境漸漸寬裕，她辭去別人家的工作，單做我一家。我信任她，把鐵門的鑰匙也分一個給她拴在腰裏。我們住醫院，阿圓到學校上課，家裏沒人，她照樣來我家工作。她看情況，間日來或每日來，我都隨她。這天她來幹完活兒就走了。我燜了飯，捂在暖窩裏；切好菜，等鍾書回來了下鍋炒；湯也燉好了，捂著。

等待是很煩心的。我叫自己別等，且埋頭做我的工作。可是，說不等，卻是急切地等，書也看不進，一個人在家團團轉。快兩點了，鍾書還沒回來。我舀了半碗湯，泡兩勺飯，胡亂吃下，躺著胡思亂想。想著想著，忽然動了一個可怕的念頭。我怎麼能讓鍾書坐上一輛不知來路的汽車，開往不知哪裏去呢？

阿圓老晚才回家。我沒吃晚飯，也忘了做。阿姨買來大塊嫩牛肉，阿圓會烤，我不會。我想用小火燉一鍋好湯，做個羅宋湯，他們兩個都愛吃。可是我直在焦慮，什麼都忘了，只等阿圓回來爲我解惑。

我自己飯量小，又沒胃口，鍾書老來食量也小，阿圓不在家的日子，我們做晚飯只圖省事，吃得很簡便。阿圓在家吃晚飯，我只稍稍增加些份量。她勞累一天，回家備課、改卷子，總忙到夜深，常說：「媽媽，我餓飯。」我心裏抱歉，記著爲她做豐盛的晚飯。可是這一年來，我病病歪歪，全靠阿圓費盡心思，也破費工夫，爲我們兩個做好吃的菜，哄我們多吃兩口。她常說：「我讀食譜，好比我查字典，一個字查三種字典，一個菜看三種食譜。」她已學到不少本領。她買了一只簡單的烤箱，又買一只不簡單的，精心爲我們烤製各式鮮嫩的肉類，然後可憐巴巴地看我們是否欣賞。我勉強吃了，味道確實很好，只是我病中沒有胃口（鍾書病後可能和我一樣）。我怕她失望，總說：「好吃！」她待信不信地感激說：「娘，謝謝你。」或者看到爸爸吃，也說：「爸爸，謝謝你。」我們都笑她傻。她是爲了我們的營養。我們吃得勉強，她也沒趣，往往剩下很多她也沒心思吃。

我這一整天只顧折騰自己，連晚飯都沒做。準備午飯用的一點蔬菜、幾片平菇、幾片薄薄的里脊是不經飽的。那小鍋的飯已經讓我吃掉半碗了，阿圓又得餓飯。而且她還得爲媽媽講許多道理，叫媽媽別胡思亂想，自驚自擾。

她說：「山上開會說不定要三天。」

「住哪兒呢？毛巾、牙刷都沒帶。」

她說：「招待的地方都會有的。」還打趣說：「媽媽要報派出所嗎？」

我眞想報派出所，可是怎麼報呢？

阿圓給我愁得也沒好生吃晚飯。她明天不必到學校去，可是她有改不完的卷子，備不完的功課。晚上我假裝睡了，至少讓阿圓能安靜工作。好在明天有她在身邊，我心上有依傍。可是我一夜沒睡。

早起我們倆同做早飯，早飯後她叫我出去散步。我一個人不願意散步。她洗碗，我燒開水，灌滿一個個暖瓶。這向例是鍾書的事。我定不下心，只顧發呆，滿屋子亂轉。電話鈴響我也沒聽到。

電話是阿圓接的。她高興地喊：「爸爸!!」

我趕緊過來站在旁邊。

她說：「嗯……嗯……嗯……嗯……嗯。」都是「嗯」。然後掛上電話。

我著急地問：「怎麼說？」

她只對我擺手，忙忙地搶過一片紙，在上面忙忙地寫，來不及地寫，寫的字像天書。

她說：「爸爸有了！我辦事去。」她兩個手指點著太陽穴說：「別讓我混忘了，回來再講。」

她忙忙地掛著個皮包出門，臨走說：「娘，放心。也許我趕不及回來吃飯，別等我，你先吃。」

幸虧是阿圓接的電話，她能記。我使勁兒叫自己放心，只是放不下。我不再胡思亂想，只一門心思等阿圓回來，乾脆丟開工作，專心做一頓好飯。

我退休前曾對他們許過願。我說：「等我退休了，我補課，我還債，給你們一頓一頓燒好吃的菜。」我大半輩子只在抱歉，覺得自己對家務事潦草塞責，沒有盡心盡力。他們兩個都笑說：「算了吧！」阿圓不客氣說，「媽媽的刀工就不行，見了快刀子先害怕，又性急，不耐煩等火候。」鍾書說：「為什麼就該你做菜呢？你退了，能休嗎？」

說實話，我做的菜他們從未嫌過，只要是我做的，他們總叫好。這回，我且一心一意做一頓好飯，叫他們出乎意外。一面又想，我準把什麼都燒壞了，或許我做得好，他們都不能準時回來。因為——因為事情往往是彆扭的，總和希望或想像的不一致。

我的飯做得真不錯，不該做得那麼好。我當然失望得很，也著急得很。阿圓叫我別等她，我怎能不等呢。我直等到將近下午四點阿圓才回家，只她一人。她回家脫下皮鞋，換上拖鞋，顯然走了不少路，很累了，自己倒杯水喝。我的心直往下沉。

阿圓卻很得意地說：「總算給我找著了！地址沒錯，倒了兩次車，一找就找到。可是我排了兩個冤枉隊，一個隊還很長，眞冤枉。挨到我，窗口裏的那人說：『你不在這裏排，後面。』他就不理我了。『後面』在哪裏呢？我照著爸爸說的地方四面問人，都說不知道。我怕過了辦公時間找不到人，忽見後面有一間小屋，裏面有個人站在窗口，正要關窗。我搶上去問他：『古驛道在哪兒？』他說：『就這兒。』唷！我鬆了好大一口氣。我怕記忘了，再哪兒找去。」

「古驛道？」我皺著眉頭摸不著頭腦。

「是啊，媽媽，我從頭講給你聽。爸爸是報到以後搶時間打來的電話，說是他們都得到什麼大會堂去開會，交通工具各式各樣，有飛機，有火車，有小汽車，有長途汽車等等，機票、車票都搶空了，爸爸說，他們要搶早到會，坐在頭排，讓他們搶去吧，他隨便。他選了沒人要的一條水道，坐船。爸爸一字一字交代得很清楚，說是『古驛道』。那個辦事處窗口的人說：『這會兒下班了，下午來吧。』其實離下班還不到五分鐘呢，他說下午二時辦公。我不敢走遠，近處也沒有買吃的地方。我就在窗根兒底下找個地方坐等，直等到兩點十七八分，那人才打開窗口，看見我在原地等著，倒也有點抱歉。他說：『你是家屬嗎？家屬只限至親。』所以家屬只你我兩個。他給了那邊客棧的地址，讓咱們到那邊去辦手續。怎麼辦，他都細細告訴我了。」

阿圓說：「今天來不及到那邊兒去辦手續了，肯定又下班了。媽媽，你急也沒用，咱們只好等明天了。」

我熱了些肉湯讓阿圓先點點飢，自己也喝了兩口。我問：『那邊』在哪兒？」

阿圓說：「我記著呢。還有囉囉嗦嗦許多事，反正我這兒都記下了。」她給我看看自己皮包裏的筆記本。她說：「咱們得把現款和銀行存單都帶上，因爲手續一次辦完，有餘退還，不足呢，半路上不能補辦手續。」

我覺得更像綁架案了，只是沒敢說，因爲阿圓從不糊塗。我重新熱了做好的飯，兩人食而不知其味地把午飯、晚飯併作一頓吃。

我疑疑惑惑地問：「辦多長的手續呀？帶多少行李呢？」

阿圓說：「洗換的衣服帶兩件，日用的東西那邊客棧裏都有，帶了錢就行，要什麼都有。」她約略把她記下的囉囉嗦嗦事告訴我，我不甚經心地聽著。

阿圓一再對我說：「娘，不要愁，有我呢。咱們明天就能見到爸爸了。」

我無奈說，「我怕爸爸要急壞了——他居然也知道打個電話。也多虧是你接的。我哪裏記得清。我現在出門，路都不認識了，車也不會乘了，十足的飯桶了。」

阿圓縮著脖子做了個鬼臉說：「媽媽這只飯桶裏，只有幾顆米粒兒一勺湯。」我給她說得笑了。她安慰我說：「反正不要緊，我把你安頓在客棧裏，你不用認路，不用乘車。我只能來來往往，因爲我得上課。」

阿圓細細地看她的筆記本。我收拾了一個小小的手提包，也理出所有的存單，現款留給阿圓。

第二天早餐後，阿圓爲我提了手提包，肩上掛著自己的皮包，兩人乘一輛出租車，到了老遠的一個公交車站。她提著包，護著我，擠上公交車，又走了好老遠的路。下車在荒僻的路上又走了一小段路，只見路旁有舊木板做成的一個大牌子，牌子上是小篆體的三個大字：「古驛道」。下面有許多行小字，我沒帶眼鏡，模模糊糊看到幾個似曾見過的地名，如灞陵道、咸陽道等。阿圓眼快，把手一點說，「到了，就是這裏。媽媽，你只管找號頭，31，就是爸爸的號。」

她牽著我一拐彎走向一個門口。她在門上一個不顯眼的地方按一下，原來是電鈴。門上立即開出一個窗口。阿圓出示證件，窗口關上，門就開了。我們走入一家客棧的後門，那後門也隨即關上。

客棧是坐北向南的小樓，後門向南。進門就是櫃台。

阿圓說：「媽媽，累了吧？」她在櫃台近側找到個坐處，叫媽媽坐下，把手提包放在我身邊。她自己就去招呼櫃台後面的人辦手續。先是查看種種證件，阿圓都帶著呢。掌櫃的仔細看過，然後拿出幾份表格叫她一一填寫。她填了又填，然後交費。我暗想，假如是綁匪，可眞是官派十足啊。那掌櫃的把存單一一登記，一面解釋說：「我們這裏房屋是簡陋些，管理卻是新式的；這一路上長亭短亭都已改建成客棧了，是連鎖的一條龍。你們領了牌子就不用再交費，每個客棧都供吃、供住、供一切方便。旅客的衣著和日用品都可以在客棧領，記賬。旅客離開房間的時候，把自己的東西歸置一起，交給櫃台。船上的旅客歸船上管，你們不得插手。住客棧的過客，得遵守我們客棧的規則。」他拿出印好的一紙警告，一紙規則。

警告是紅牌黑字，字很大。

㈠順著驛道走，沒有路的地方，別走。

㈡看不見的地方，別去。

㈢不知道的事，別問。

規則是白紙黑字，也是大字。

㈠太陽落到前艙，立即回客棧。驛道荒僻，晚間大門上閂後，敲門也不開。
㈡每個客棧，都可以休息、方便、進餐，勿錯過。
㈢下船後退回原客棧。

掌櫃的發給我們各人一個圓牌，上有號碼，背面叫我們按上指印，一面鄭重叮囑，出入總帶著牌兒，守規則，勿忘警告，尤其是第三條，因爲最難管的是嘴巴。

客棧裏正爲我們開飯，叫我們吃了飯再上路。我心上納悶，尤其那第三條警告叫人納悶。不知道的事多著呢，爲什麼不能問？問了又怎麼樣？

我用手指點紅牌上的第三條故意用肯定的口氣向掌櫃的說：「不能用一個問字，不能打一個問號。」我這樣說，應該不算問。可是掌櫃的瞪著眼警告說：「你這話已經在邊緣上了，小心！」我忙說：「謝謝，知道了。」

阿圓悄悄地把我的手捏了一捏，也是警告的意思。飯後我從小提包裏找出一枚別針，別在手袖上，我往常叫自己記住什麼事，就在衣袖上別一枚別針，很有提醒的作用。

櫃台的那一側，有兩扇大門。只開著一扇，那就是客棧的前門。前門朝北開。我們走出前門，頓覺換了一個天地。

二、古驛道上相聚

那裏煙霧迷濛，五百步外就看不清楚；空氣鬱塞，叫人透不過氣似的。門外是東西向的一道長堤，沙土築成，相當寬，可容兩輛大車。堤岸南北兩側都砌著石板。客棧在路南，水道在路北。客棧的大門上，架著一個新刷的招牌，大書「客棧」二字。道旁兩側都是古老的楊柳。驛道南邊的堤下是城市背面的荒郊，雜樹叢生，野草滋蔓，爬山虎直爬到驛道旁邊的樹上。遠處也能看到一兩簇蒼松翠柏，可能是誰家的陵墓。驛道東頭好像是個樹林子。客棧都籠罩在樹林裏似的。我們走近臨水道的那一岸。堤很高，也很陡，河水靜止不流，不見一絲波紋。水面明淨，但是雲霧濛濛的天倒映在水裏，好像天地相向，快要合上了。也許這就是令人覺得透不過氣的原因。順著蜿蜒的水道向西看去，只覺得前途很遠很遠，只是迷迷茫茫，看不分明。水邊一順溜的青青草，引出綿綿遠道。

古老的柳樹根，把驛道拱壞了。驛道也隨著地勢時起時伏，石片砌的邊緣處，常見塌陷，所以路很難走。河裏也不見船隻。

阿圓扶著我說，「媽媽小心，看著地下。」

我知道小心，因爲我病後剛能獨自行走。我步步著實地走，省得阿圓攙扶，她已經夠累的了。走著走著——其實並沒走多遠，就看見岸邊停著一葉小舟，趕緊跑去。

船頭的岸邊，植一竿撐船的長竹篙，船纜在篙上。船很小，倒也有前艙、後艙、船頭、船尾；卻沒有舵，也沒有槳。一條跳板，搭在船尾和河岸的沙土地上。驛道邊有一道很長的斜坡，通向跳板。

阿圓站定了說：「媽媽，看那隻船梢有號碼，311，是爸爸的船。」

我也看見了。阿圓先下坡，我走在後面，一面說：「你放心，我走得很穩。」但是阿圓從沒見過跳板，不敢走。我先上去，伸手牽著她，她小心翼翼地橫著走。兩人都上了船。

船很乾淨，後艙空無一物，前艙鋪著一只乾淨整齊的床，雪白的床單，雪白的枕頭，簡直像在醫院裏，鍾書側身臥著，腹部勻勻地一起一伏，睡得很安靜。

我們在後艙脫了鞋，輕輕走向床前。只見他緊抿著嘴唇，眼睛裏還噙著些淚，臉上有一道淚痕。枕邊搭著一方乾淨的手絹，就是他自己帶走的那條，顯然已經洗過，因爲沒一道摺痕。船上不見一人。

該有個撐船的艄公，也許還有個洗手絹的艄婆。他們都上岸了？（我只在心裏捉摸）

我摸摸他額上溫度正常，就用他自己的手絹爲他拭去眼淚，一面在他耳邊輕喚「鍾書，鍾書」。阿圓乖乖地挨著我。

他立即睜開眼，眼睛睜得好大。沒有了眼鏡，可以看到他的眼皮雙得很美，只是面容顯得十分憔悴。他放心地叫了聲「季康，阿圓」，聲音很微弱，然後苦著臉，斷斷續續地訴苦：「他們把我帶到一個很高很高的不知哪裏，然後又把我弄下來，轉了好多好多的路，我累得睜不開眼了，又不敢睡，聽得船在水裏走，這是船上吧？我只愁你們找不到我了。」

阿圓說：「爸爸，我們來了，你放心吧！」

我說：「阿圓帶著我，沒走一步冤枉路。你睜不開眼，就閉上，放心睡一會兒。」

他疲勞得支持不住，立即閉上眼睛。

我們沒個坐處，只好盤膝坐在地下。他從被子側邊伸出半隻手，動著指頭，讓我們握握。阿圓坐在床尾抱著他的腳，他還故意把腳動動。我們三人又相聚了。不用說話，都覺得心上舒坦。我握著他的手把臉枕在床沿上。阿圓抱著爸爸的腳，把臉靠在床尾。雖然是古驛道上，這也是闔家團聚。

我和阿圓環視四周。鍾書的眼鏡沒了，鞋也沒了。前艙的四壁好像都是裝東西的壁櫃，我們不敢打開看。近船頭處，放著一個大石礅。大概是鎮船的。

阿圓忽然說：「啊呀，糟糕了，媽媽，我今天有課的，全忘了！明天得到學校去一遭。」

我說：「去也來不及了。」

「我從來沒曠過課。他們準會來電話。哎，還得補課呢。今晚得回去給系裏通個電話。」

阿圓要回去，就剩我一人住客棧了。我往常自以爲很獨立，這時才覺得自己像一枝爬藤草。可是我也不能拉住阿圓不放。好在手續都已辦完，客棧離船不遠。

我歎口氣說：「你該提早退休，就說爸爸老了，媽媽糊塗了，你負擔太重了。你編的教材才出版了上冊，還有下冊沒寫呢。」

阿圓說：「媽媽你不懂。一面教，一面才會有新的發現，才能修改添補。出版的那個上冊還得大修大改呢——媽媽，你老盼我退休，只怕再過三年五年也退不成。」

我自己慚愧，只有我是個多餘的人。我默然。太陽已經越過船身。我輕聲說：「太陽照進前艙，我們就得回客棧，如果爸爸還不醒……」我摸摸袖口的別針，忙止口不問。

「叫醒他。」阿圓有決斷，她像爸爸。

鍾書好像還在沉沉酣睡。雲後一輪血紅的太陽，還沒照到床頭，鍾書忽然睜開眼睛，看著我們，安慰自己似地念著我們的名字：季康、圓圓。我們忙告訴他，太陽照進前艙，我們就得回客棧。阿圓說：「我每星期會來看你。媽媽每天來陪你。這裏很安靜。」

鍾書說：「都聽見了。」他耳朵特靈，他睡著也只是半睡。這時他忽把緊閉的嘴拉成一條直線，扯出一絲淘氣的笑，怪有意思地看著我說：「絳，還做夢嗎？」

我愣了一下，茫然說：「我這會兒就好像做夢呢。」嘴裏這麼回答，卻知道自己是沒有回答。我一時摸不著頭腦。

阿圓站起身說：「我們該走了。爸爸，我星期天來看你，媽媽明天就來。」

鍾書說：「走吧。」

我說了聲：「明天見，好好睡。」我們忙到後艙穿上鞋。我先上跳板，牽著阿圓。她只會橫著一步一步過。我們下船，又走上驛道。兩人忙忙地趕回客棧，因為路不好走，我又走不快。

到了客棧，阿圓說：「媽媽，我很想陪你，但是我得趕回家打個電話，還得安排補課……媽媽，你一個人了……」她捨不得撇下我。

我認為客棧離船不遠，雖然心上沒著落，卻不忍拖累阿圓。我說：「你放心吧，我走得很穩了。你來不及吃晚飯，乾脆趕早回去，再遲就堵車了。」

我們一進客棧的門，大門就上閂。

阿圓說：「娘，你走路小心，寧可慢。」我說：「放心，你早點睡。」她答應了一聲，匆匆從後門出去，後門也立即關上。這前後門都把得很緊。

我仍舊坐在樓梯下的小飯桌上，等開晚飯。我要了一份清淡的晚餐，坐著四顧觀看。店裏有個櫃台，還有個大灶，掌櫃一人，還有夥計幾人，其中有一個女的很和善。我們微笑招呼。我發現櫃台對面有個窗口，旁邊有一個大轉盤，茶水、點心、飯菜都從這個轉盤轉出去。窗口有東西擋著，我午飯時沒看見。我對女人說，「那邊忙著呢，我不著急。」那女人就向我解釋，外面是南北向的道路上招徠顧客的點心鋪，也供茶水、也供便飯。我指指樓上，沒敢開口。她說，樓上堆貨，管店的也住樓上。沒別的客人。

樓上，我的客房連著個盥洗室，很乾淨。我的手提包已經在客房裏了。我走得很累，上床就睡著。

我睡著就變成了一個夢，很輕靈。我想到高處去看看河邊的船。轉念間，我已在客棧外邊路燈的電杆頂上。驛道那邊的河看不見，停在河邊的船當然也看不見，船上並沒有燈火。客棧南邊卻是好看，閃亮著紅燈、綠燈、黃燈、藍燈各色燈光，是萬家燈火的不夜城，是北京。三里河在哪兒呢？轉念間我已在家中臥室窗前的柏樹頂上，全屋是黑的，阿圓不知在哪條街上，哪輛公交車上。明天我們的女婿要來吃早點的，他知道我們家的事嗎？轉念間我又到了西石槽阿圓的婆家。屋裏幾間房都亮著燈。呀！阿圓剛放下電話聽筒，過來坐在飯桌前。她婆婆坐在她旁邊。我的女婿給阿圓舀了一碗湯，叫她喝湯，一面問：

「我能去看看他們嗎？」

「不能，只許媽媽和我兩個。」

她婆婆說：「你搬回來住吧。」

阿圓說：「書都在那邊呢，那邊離學校近。我吃了晚飯就得過那邊去。」

我依傍著阿圓，聽著他們談話，然後隨阿圓又上車回到三里河。她洗完澡還不睡，備課到夜深。我這個夢雖然輕靈，卻是萬般無能，我都沒法催圓圓早睡。夢也累了。我停在自己床頭貼近衣櫃的角落裏歇著，覺得自己化淡了。化爲烏有了。

我睜眼，身在客棧的床上，手腳倒是休息過來了。我吃過早飯，忙忙地趕路，指望早些上船陪鍾書。昨天走過的路約略記得，可是斜坡下面的船卻沒有了。

這下子我可慌了。我沒想想，船在水裏，當然會走的。走多遠了呢？身邊沒個可以商量的人了。一人怯怯地，生怕走急了絆倒了怎麼辦，又怕錯失了河裏的船，更怕走慢了趕不上那隻船。步步留心地走，留心地找，只見驛道左側又出現一座客棧，不敢錯過，就進去吃飯休息。客棧是一模一樣的客棧，只是掌櫃和夥計換了人。我帶著牌子進去，好似老主顧。我洗了手又復趕路，心上惶惶然。幸好不多遠就望見驛道右邊的斜坡，311號的船照模照樣地停在坡下。我走過跳板上船，在後艙脫鞋，鍾書半坐半躺地靠在枕上等我呢。

他問：「阿圓呢？」

「到學校去了。」

我照樣盤腿坐在他床前，摸他的腦門子，溫度正常，頸間光滑滑地。他枕上還搭著他自己的手絹，顯然又洗過了。他神情已很安定，只是面容很憔悴，一下子瘦了很多。

他說：「我等了你好半天了。」

我告訴他走路怕跌，走不快。

我把自己變了夢所看到的阿圓，當作眞事一一告訴。他很關心地聽著，並不問我怎會知道。他等我已經等累了，疲倦得閉上眼睛。我夢裏也累，又走得累，也緊張得累。我也閉上眼，把頭枕在他的床邊。這樣陪著他，心上挺安頓。到應該下船的時候，我起身說，該回去了，他說：「明天見，別著急，走路小心。」我就一步步走回客棧。

但是，我心上有個老大的疙瘩。阿圓是否和我一樣糊塗，以爲船老停在原處不動？船大概走了一夜，星期天阿圓到哪個客棧來找我呢？

客棧確是「一條龍」，我的手提包已移入另一個客棧的客房。我照模照樣又過了一夜，照模照樣又變成一個夢，隨著阿圓打轉，又照模照樣，走過了另一個客棧，又找到鍾書的船。他照樣在等我，我也照樣兒陪著他。

一天又一天，我天天在等星期日，卻忘了哪天是星期日。有一天，我飯後洗淨手，正待出門，忽聽得阿圓叫娘，她連掛在肩上的包都沒帶，我夢裏看見她整理好了書包才睡的。我不敢問，只說：「你沒帶書包。」

她說不用書包，只從衣袋裏掏出一只小錢包給我看看，拉著我一同上路。我又驚訝，又佩服，不知阿圓怎麼找來的，我也不敢問，只說：「我只怕你找不到我們了。」阿圓說：「算得出來呀。」古驛道辦事處的人曾給她一張行舟圖表，她可以按著日程找。我放下了一樁大心事。

我們一同上了船，鍾書見了阿圓很高興，雖然疲倦，也不閉眼睛，我雖然勞累，也很興奮，我們又在船上團聚了。

我只在阿圓和我分別時鄭重叮囑，晚上早些睡，勿磨蹭到老晚。阿圓說：「媽媽，夢想為勞，想累了要夢魘的。」去年爸爸動手術，她頸椎痛，老夢魘，現在好了。她說：「媽媽總是性急，咱們只能乖乖地順著道兒走。」

可是我常想和阿圓設法把鍾書馱下船溜回家去。這怎麼可能呢！

我的夢不復輕靈，我夢得很勞累，夢都沉重得很。我變了夢，看阿圓忙這忙那，看她吃著晚飯，還有電話打擾，有一次還有兩個學生老晚來找她。我看見女婿在我家廚房裏，燒開了水，壺上烤著個膏藥，揭開了，給阿圓貼在頸後。都是眞的嗎？她又頸椎痛嗎？我不敢當作眞事告訴鍾書。好在他都不問。

堤上的楊柳開始黃落，漸漸地落成一棵棵禿柳。我每天在驛道上一腳一腳走，帶著自己的影子，踏著落葉。

有一個星期天，三人在船上團聚。鍾書已經沒有精力半坐半躺，他只平躺著。我發現他的假牙不知幾時起已不見了。他日見消瘦，好像老不吃飯的。我摸摸他的腦門子，有點熱辣辣的。我摸摸阿圓的腦門子，兩人都熱辣辣的，我用自己的腦門子去試，他們都是熱的。阿圓笑說，「媽媽有點涼，不是我們熱。」

可是下一天我看見鍾書手背上有一塊青紫，好像是用了吊針，皮下流了血。他眼睛也張不開，只捏捏我的手。我握著他的手，他就沉沉地睡，直到太陽照進前艙。他時間觀念特強，總會及時睜開眼睛。他向我點點頭。我說：「好好睡，明天見。」

他只說：「回去吧。」

阿圓算得很準，她總是到近處的客棧來找我。每星期都來看爸爸，除了幾次出差，到廈門，到昆明，到重慶。我總記著她飛機起飛和降落的時刻。她出差時，我夢也不做，藉此休息。鍾書上過幾次吊針，體溫又正常，精神又稍好，我們同在船上談說阿圓。

我說：「她眞是『強爹娘、勝祖宗』。你開會發言還能對付，我每逢開會需要發言，總嚇得心怦怦跳，一句也不會說。阿圓呢，總有她獨到的見解，也敢說。那幾個會，她還是主持人。」

鍾書歎口氣說：「咱們的圓圓是可造之材，可是……」

阿圓每次回來，總有許多趣事講給我們聽，塡滿了我不做夢留下的空白。我們經常在船上相聚，她的額頭常和鍾書的一樣熱烘烘，她也常常空聲空氣地咳嗽。我擔心說：「你該去看看病，你『打的』去，『打的』回。」她說，看過病了，是慢性支氣管炎。

她笑著講她挎著個大書包擠車，同車的一人嫌她，對她說：「大媽，您怎麼還不退休？」我說：「擠車來往費時間，時間不是金錢，時間是生命，記著。你來往都『打的』。」阿圓說：「『打的』常給堵死在街上，前不能前，退不能退，還不如公交車快。」

我的夢已經變得很沉重，但是圓圓出差回來，我每晚還是跟著她轉。我看見我的女婿在我家打電話，安排阿圓做磁共震、做CT。我連夜夢魘。一個晚上，我的女婿在我家連連地打電話，爲阿圓託這人，託那人，請代掛專家號。後來總算掛上了。

我疑疑惑惑地在古驛道上一腳一腳走。柳樹一年四季變化最勤。秋風剛一吹，柳葉就開始黃落，隨著一陣一陣風，落下一批又一批葉子，冬天都變成光禿禿的寒柳。春風還沒有吹，柳條上已經發芽，遠看著已有綠意；柳樹在春風裏，就飄蕩著嫩綠的長條。然後飛絮，要飛上一兩個月。飛絮還沒飛完，柳樹都已綠葉成蔭。然後又一片片黃落，又變成光禿禿的寒柳。我在古驛道上，一腳一腳的，走了一年多。

三、古驛道上相失

這天很冷。我飯後又特地上樓去，戴上阿圓爲我織的巴掌手套。下樓忽見阿圓靠櫃台站著。她叫的一聲「娘」，比往常更溫軟親熱。她前兩天剛來過，不知爲什麼又來了。她說：「娘，我請長假了，醫生說我舊病復發。」她動動自己的右手食指——她小時候得過指骨節結核，休養了將近一年。「這回在腰椎，我得住院。」她一點點挨近我，靠在我身上說：「我想去看看爸爸，可是我腰痛得不能彎，不能走動，只可以站著。現在老偉（我的女婿）送我住院去。醫院在西山腳下，那裏空氣特好。醫生說，休養半年到一年，就會完全好，我特來告訴一聲，叫爸爸放心。老偉在後門口等著我呢，他也想見見媽媽。」她又提醒我說，「媽媽，你不要走出後門。我們的車就在外面等著。」店家爲我們拉開後門。我扶著她慢慢地走。門外我女婿和我說了幾句話，他叫我放心。我站在後門口看他護著圓圓的腰，上了一輛等在路邊的汽車。圓圓搖下汽車窗上的玻璃，脫掉手套，伸出一隻小小的白手，只顧揮手。我目送她的車去遠了，退回客棧，後門隨即關上。我惘惘然一個人從前門走上驛道。

驛道上鋪滿落葉，看不清路面，得小心著走。我想，是否該告訴鍾書，還是瞞著他。瞞是瞞不住的，我得告訴，圓圓特地來叫我告訴爸爸的。

鍾書已經在等我，也許有點生氣，故意閉上眼睛不理我。我照常盤腿坐在他床前，慢慢地說：「剛才是阿圓來叫我給爸爸傳幾句話。」他立即張大了眼睛。我就把阿圓的話，委婉地向他傳達，強調醫生說的休養半年到一年就能完全養好。我說：從前是沒藥可治的，現在有藥了，休息半年到一年，就完全好了。阿圓叫爸爸放心。

鍾書聽了好久不說話。然後，他很出我意外地說：「壞事變好事，她可以好好地休息一下了。等好了，也可以卸下擔子。」

這話也給我很大的安慰。因爲阿圓胖乎乎的，臉上紅撲撲的，誰也不會讓她休息；現在有了病，她自己也不能再鞭策自己。趁早休息，該是好事。

我們靜靜地回憶舊事：阿圓小時候一次兩次的病，過去的勞累，過去的憂慮，過去的希望……我握著鍾書的手，他也握握我的手，好像是叫我別愁。

回客棧的路上，我心事重重。阿圓住到了醫院去，我到哪裏去找她呢？我得找到她。我得做一個很勞累的夢。我沒吃幾口飯就上床睡了。我變成了一個很沉重的夢。

我的夢跑到客棧的後門外，那隻小小的白手好像還在招我。恍恍惚惚，總能看見她那隻小小的白手在我眼前。西山是黑地裏也望得見的。我一路找去。清華園、圓明園，那一帶我都熟悉，我念著阿圓阿圓，那隻小小的白手直在我前面揮著。我終於找到了她的醫院，在蒼松翠柏間。

進院門，燈光下看見一座牌坊，原來我走進了一座墓院。不好，我夢魘了。可是一拐彎我看見一所小小的平房，阿圓的小白手在招我。我透過門，透過窗，進了阿圓的病房。只見她平躺在一只鋪著白單子的床上，蓋著很厚的被子，沒有枕頭。床看來很硬。屋裏有兩張床。另一只空床略小，不像病床，大約是陪住的人睡的。有大夫和護士在她旁邊忙著，我的女婿已經走了。屋裏有兩瓶花，還有一束沒解開的花，大夫和護士輕聲交談，然後一同走出病房，走進一間辦公室。我想跟進去，聽聽他們怎麼說，可是我走不進。我回到阿圓的病房裏，阿圓閉著眼乖乖地睡呢。我偎著她，我拍著她，她都不知覺。

我不嫌勞累，又趕到西石槽，聽到我女婿和他媽媽在談話，說幸虧帶了那床厚被，他說要爲阿圓床頭安個電話，還要了一只冰箱。生活護理今晚託清潔工兼顧，已經約定了一個姓劉的大媽。我又回到阿圓那裏，她已經睡熟，我勞累得不想動了，停在她床頭邊消失了。

我睜眼身在客棧床上。我眞的能變成一個夢，隨著阿圓招我的手，找到了醫院裏的阿圓嗎？有這種事嗎？我想阿圓只是我夢裏的人。她負痛小步挨向媽媽，靠在媽媽身上，我能感受到她腰間的痛；我也能感覺到她捨不得離開媽媽去住醫院，捨不得撇我一人在古驛道上來來往往。但是我只抱著她的腰，緩步走到後門，把她交給了女婿。她上車彎腰坐下，一定都很痛很痛，可是她還搖下汽車窗上的玻璃，脫下手套，伸出一手向媽媽揮揮，她是依戀不捨。我的阿圓，我唯一的女兒，永遠叫我牽心掛肚的，睡裏夢裏也甩不掉，所以我就創造了一個夢境，看見了阿圓。該是我做夢吧？我實在拿不定我的夢是虛是實。我不信眞能找到她的醫院。

我照常到了鍾書的船上，他在等我。我握著他的手，手心是燙的。摸摸他的腦門子，也是熱烘烘的。鍾書是在發燒，阿圓也是在發燒，我確實知道的就這一點。

我以前每天總把阿圓在家的情況告訴他。這回我就把夢中所見的阿圓病房，形容給他聽，還說女婿準備爲她床頭接電話，爲她要一只冰箱等等。鍾書從來沒問過我怎麼會知道這些事。他只在古驛道的一隻船裏，驛道以外，那邊家裏的事，我當然知道。我好比是在家裏，他卻已離開了家。我和他講的，都是那邊家裏的事。他很關心地聽著。

他嘴裏不說，心上和我一樣惦著阿圓。我每天和他談夢裏所見的阿圓。他儘管發燒，精神很萎弱，但總關切地聽。

我每晚做夢，每晚都在阿圓的病房裏。電話已經安上了，就在床邊。她房裏的花越來越多。睡在小床上的是劉阿姨，管阿圓叫錢教授，阿圓不准她稱教授，她就稱錢老師。劉阿姨和錢老師相處得很好。醫生護士對錢瑗都很好。她們稱她錢瑗。

醫院的規格不高，不能和鍾書動手術的醫院相比。但是小醫院裏，管理不嚴，比較亂，也可說很自由。我因爲每到阿圓的醫院總在晚間，我的女婿已不在那裏，我變成的夢，不怕勞累，總來回來回跑，看了這邊的圓圓，又到那邊去聽女婿的談話。阿圓的情況我知道得還周全。我儘管拿不穩自己是否眞的能變成一個夢，是否看到眞的阿圓，也許我自己只在夢中，看到的只是我夢中的阿圓。但是我切記著驛站的警告。我不敢向鍾書提出任何問題，我只可以向他講講他記掛的事，我就把我夢裏所看到的，一一講給鍾書聽。

我告訴他，阿圓房裏有一只大冰箱，因爲沒有小的了。鄰居要借用冰箱，阿圓都讓人借用，由此結識了幾個朋友。她隔壁住著一個「大款」，是某飯店的經理，入院前刷新了房間，還配備了微波爐和電爐；他的夫人叫小馬，天天帶來新鮮菜蔬，並爲丈夫做晚飯。小馬大約是山西人，圓圓常和她講山西四清時期的事，兩人很相投。小馬常借用阿圓的大冰箱，也常把自己包的餃子送阿圓吃。醫院管飯的大師傅待阿圓極好，一次特爲她做了一尾鮮魚，親自托著送進病房。阿圓吃了半條，剩半條讓劉阿姨幫她吃完。阿圓的婆婆叫兒子送來她拿手的「媽咪雞」，阿圓請小馬吃，但他們夫婦只欣賞餃子。小馬包的餃子很大，阿圓只能吃兩只。醫院裏能專爲她燉雞湯，每天都給阿圓燉西洋參湯。我女婿爲她買了一只很小的電爐，能熱一杯牛奶……

我談到各種吃的東西，注意鍾書是否有想吃的意思。他都毫無興趣。

我又告訴他，阿圓住院後還曾爲學校審定過什麼教學計畫。阿圓天天看半本偵探小說，家裏所有的偵探小說都搜羅了送進醫院，連她朋友的偵探小說也送到醫院去了。但阿圓不知是否精力減退，又改讀菜譜了。我怕她是精力減退了，但是我沒有說。也許只是我在擔心。我覺得她臉色漸變蒼白。

我又告訴鍾書，阿圓的朋友眞不少，每天病房裏都是鮮花。學校的同事、學生不斷地去看望。親戚朋友都去，許多中學的老同學都去看她。我認爲她太勞神了，應該少見客人。但是我聽西石槽那邊說，圓圓覺得人家遠道來訪不易，她不肯讓他們白跑。

我談到親戚朋友，注意鍾書是否關切。但鍾書漠無表情。以前，每當阿圓到船上看望，他總強打精神。自從阿圓住院，他乾脆都放鬆了。他很倦怠，話也懶說，只聽我講，張開眼又閉上。我雖然天天見到他，只覺得他離我很遙遠。

阿圓呢？是我的夢找到了她，還是她只在我的夢裏？我不知道。她脫了手套向我揮手，讓我看到她的手而不是手套。可是我如今只有她爲我織的手套與我相親了。

快過了半年，我聽見她和我女婿通電話，她很高興地說：醫院特爲她趕製了一個護腰，是量著身體做的；她試過了，很服貼；醫生說，等明天做完CT，讓她換睡軟床，她穿上護腰，可以在床上打滾。

但是阿圓很瘦弱，屋裏的大冰箱裏塞滿了她吃不下而剩下的東西。她正在脫落大把大把的頭髮。西石槽那邊，我只聽說她要一只帽子。我都沒敢告訴鍾書。他剛發過一次高燒，正漸漸退燒，很倦怠。我靜靜地陪著他，能不說的話，都不說了。我的種種憂慮，自個兒擔著，不叫他分擔了。

第二晚我又到醫院。阿圓戴著個帽子，還睡在硬床上，張著眼睛，不知在想什麼。劉阿姨接了電話，說是學校裏打來的讓她聽。阿圓接了話筒說：「是的，嗯……我好著。今天護士、大夫，把我扛出去照CT，完了，說還不行呢。老偉來過了。硬床已經拆了，都換上軟床了。可是照完CT，他們又把軟床換去，搭上硬床。」她強打歡笑說：「穿了護腰一點兒不舒服，我寧願不穿護腰，斯斯文文地平躺在硬床上；我不想打滾。」

大夫來問她是否再做一個療程。阿圓很堅強地說：「做了見好，再做。我受得了。頭髮掉了會再長出來。」

我聽到隔壁那位「大款」和小馬的談話。

男的問：「她知道自己什麼病嗎？」

女的說：「她自己說，她得的是一種很特殊的結核病，潛伏了幾十年又再發，就很厲害，得用重藥。她很堅強。真堅強。只是她一直在惦著她的爹媽，說到媽媽就流眼淚。」

我覺得我的心上給捅了一下，綻出一個血泡，像一隻飽含著熱淚的眼睛。

鍾書高燒之後剃成一個光頭，阿圓帽子底下也是光頭。兩人的頭型和五官都很相像，只不過阿圓的眼皮不雙。

鍾書高燒退了又漸漸有點精神。我就告訴他阿圓的病情：據醫生說，潛伏幾十年後又復發的結核病比原先厲害，還得慢慢養；反正她乖乖地躺著休養，休養總是好的。我說：「我看你們兩個越看越像。一樣的腦袋，一樣的臉型。惟獨和爸爸的雙眼皮不像，但眼神完全像爸爸。可阿圓生了病就變成雙眼皮了。」

鍾書得意說：「『方凳媽媽』第一次見到阿圓就說，她眼睛像爸爸。『方凳』眼睛尖。」

我的夢很疲勞。真奇怪，疲勞的夢也影響我的身體。我天天拖著疲勞的腳步在古驛道上來來往往。阿圓住院時，楊柳都是光禿禿的，現在，成蔭的柳葉已開始黃落。我天天帶著自己的影子，踏著落葉，一步一步小心地走，沒完地走。

我每晚都在阿圓的病房裏。一次，她正和老偉通電話。阿圓強笑著說：「告訴你一個笑話。昨晚我做了一個夢，夢見媽媽偎著我的臉。我夢裏怕是假的。我對自己說，是妖精就是香的，是媽媽就不香。我聞著不香，我說，這是我的媽媽。但是我睜不開眼，看不見她。我使勁兒睜開眼，後來眼睛睜開了——我在做夢。」她放下電話，嘴角抽搐著，閉上眼睛，眼角滴下眼淚。她把聽筒交給劉阿姨。劉阿姨接下說：「錢老師今天還要抽肺水，不讓多說了。」接下是她代阿圓報告病情。

我心上又綻出幾個血泡，添了幾隻飽含熱淚的眼睛。我想到她夢中醒來，看到自己孤零零躺在醫院病房裏，連夢裏的媽媽都沒有了。而我的夢是十足無能的，只像個影子。我依偎著她，撫摸著她，她一點不覺得。

我知道夢是富有想像力的。想念得太狠了，就做噩夢。我連夜做噩夢。阿圓漸漸不進飲食。她頭頂上吊著一袋紫紅色的血，一袋白色的什麼蛋白，大夫在她身上打通了什麼管子，輸送到她身上。劉阿姨不停地用小勺舀著杯裏的水，一勺一勺潤她的嘴。我心上連連地綻出一隻又一隻飽含熱淚的眼睛。有一晚，我女婿沒回家，他也用小勺，一勺一勺地舀著杯子裏的清水，潤她的嘴。她直閉著眼睛睡。

我不敢做夢了。可是我不敢不做夢。我疲勞得都走不動了。我坐在鍾書床前，握著他的手，把臉枕在他的床邊。我一再對自己說：「夢是反的，夢是反的。」阿圓住院已超過一年，我太擔心了。

我抬頭忽見阿圓從斜坡上走來，很輕健。她穩步走過跳板，走入船艙。她溫軟親熱地叫了一聲「娘」，然後挨著我坐下，叫一聲「爸爸」。

鍾書睜開眼，睜大了眼睛，看著她，看著她，然後對我說：「叫阿圓回去。」

阿圓笑眯眯地說：「我已經好了，我的病完全好了，爸爸……」

鍾書仍對我說：「叫阿圓回去，回家去。」

我一手摟著阿圓，一面笑說：「我叫她回三里河去看家。」我心想夢是反的，阿圓回來了，可以陪我來來往往看望爸爸了。

鍾書說：「回到她自己家裏去。」

「嗯，回西石槽去，和他們熱鬧熱鬧。」

「西石槽究竟也不是她的家。叫她回到她自己家裏去。」

阿圓清澈的眼睛裏，泛出了鮮花一樣的微笑。她說：「是的，爸爸，我就回去了。」

太陽已照進船頭，我站起身，阿圓也站起身。我說：「該走了，明天見！」

阿圓說：「爸爸，好好休息。」

她先過跳板，我隨後也走上斜坡。我彷彿從夢魘中醒來。阿圓病好了！阿圓回來了！

她拉我走上驛道，陪我往回走了幾步。她扶著我說：「娘，你曾經有一個女兒，現在她要回去了。爸爸叫我回自己家裏去。娘……娘……」

她鮮花般的笑容還在我眼前，她溫軟親熱的一聲聲「娘」還在我耳邊，但是，就在光天化日之下，一晃眼她沒有了。就在這一瞬間，我也完全省悟了。

我防止跌倒，一手扶住旁邊的柳樹，四下裏觀看，一面低聲說：「圓圓，阿圓，你走好，帶著爸爸媽媽的祝福回去。」我心上蓋滿了一隻一隻飽含熱淚的眼睛，這時一齊流下淚來。

我的手撐在樹上，我的頭枕在手上，胸中的熱淚直往上湧，直湧到喉頭。我使勁噎住，但是我使的勁兒太大，滿腔熱淚把胸口掙裂了。只聽得噼嗒一聲，地下石片上掉落下一堆血肉模糊的東西。迎面的寒風，直往我胸口的窟窿裏灌。我痛不可忍，忙蹲下把那血肉模糊的東西揉成一團往胸口裏塞；幸虧血很多，把滓雜污物都洗乾淨了。我一手抓緊裂口，另一手壓在上面護著，覺得噁心頭暈，生怕倒在驛道上，踉踉蹌蹌，奔回客棧，跨進門，店家正要上門。

我站在燈光下，發現自己手上並沒有血污，身上並沒有裂口。誰也沒看見我有任何異乎尋常的地方。我的晚飯，照常在樓梯下的小桌上等著我。

我上樓倒在床上，抱著滿腔滿腹的痛變了一個痛夢，趕向西山腳下的醫院。

阿圓屋裏燈亮著，兩只床都沒有了，清潔工在掃地，正把一堆垃圾掃出門去。我認得一隻鞋是阿圓的，她穿著進醫院的。

我聽到鄰室的小馬夫婦的話：「走了，睡著去的，這種病都是睡著去的。」

我的夢趕到西石槽。劉阿姨在我女婿家飯間盡頭的長櫈上坐著淌眼抹淚。我的女婿在自己屋裏呆呆地坐著。他媽媽正和一個親戚細談阿圓的病，又談她是怎麼去的。她說：錢瑗的病，她本人不知道，驛道上的爹媽當然也不知道。現在，他們也無從通知我們。

我的夢不願留在那邊，雖然筋疲力竭，卻一意要停到自己的老窩裏去，安安靜靜地歇歇。我的夢又回到三里河寓所，停在我自己的床頭上消失了。

我睜眼身在客棧。我的心已結成一個疙疙瘩瘩的硬塊，居然還能按規律勻勻地跳動。每跳一跳，就牽扯著肚腸一起痛。阿圓已經不在了，我變了夢也無從找到她；我也疲勞得無力變夢了。

驛道上又飄拂著嫩綠的長條，去年的落葉已經給北風掃淨。我趕到鍾書的船上，他正在等我。他高燒退盡之後，往往又能稍稍恢復一些。

他問我：「阿圓呢？」

我在他床前盤腿坐下，扶著床說：「她回去了！」

「她什麼??」

「你叫她回自己家裏去，她回到她自己家裏去了。」

鍾書很詫異地看著我，他說：「你也看見她了？」

我說：「你也看見了。你叫我對她說，叫她回去。」

鍾書著重說：「我看見的不是阿圓，不是實實在在的阿圓，不過我知道她是阿圓。我叫你去對阿圓說，叫她回去吧。」

「你叫阿圓回自己家裏去，她笑瞇瞇地放心了。她眼睛裏泛出笑來，滿面鮮花一般的笑，我從沒看見她笑得這麼美。爸爸叫她回去，她可以回去了，她可以放心了。」

鍾書凄然看著我說：「我知道她是不放心。她記掛著爸爸，放不下媽媽。我看她就是不放心，她直在抱歉。」

老人的眼睛是乾枯的，只會心上流淚。鍾書眼裏是灼熱的痛和苦，他黯然看著我，我知道他心上也在流淚。我自以爲已經結成硬塊的心，又張開幾隻眼睛，潸潸流淚，把胸中那個疙疙瘩瘩的硬塊濕潤得軟和了些，也光滑了些。

我的手是冰冷的。我摸摸他的手，手心很燙，他的脈搏跳得很急促。鍾書又發燒了。

我急忙告訴他，阿圓是在沉睡中去的。我把她的病情細細告訴。她腰痛住院，已經是病的末期，幸虧病轉入腰椎，只那一節小骨頭痛，以後就上下神經斷連，她沒有痛感了。她只是希望趕緊病好，陪媽媽看望爸爸，忍受了幾次治療。現在她什麼病都不怕了，什麼都不用著急了，也不用起早貪黑忙個沒完沒了了。我說，自從生了阿圓，永遠牽心掛肚腸，以後就不用牽掛了。

我說是這麼說，心上卻牽扯得痛。鍾書點頭，卻閉著眼睛。我知道他心上不僅痛惜圓圓，也在可憐我。

我初住客棧，能輕快地變成一個夢。到這時，我的夢已經像沾了泥的楊花，飛不起來。

我當初還想三個人同回三里河。自從失去阿圓，我內臟受傷，四肢也乏力，每天一腳一腳在驛道上走，總能走到船上，與鍾書相會。他已骨瘦如柴，我也老態龍鍾。他沒有力量說話，還強睜著眼睛招待我。我忽然想到第一次船上相會時，他問我還做夢不做。我這時明白了。

我曾做過一個小夢，怪他一聲不響地忽然走了。他現在故意慢慢兒走，讓我一程一程送，盡量多聚聚，把一個小夢拉成一個萬里長夢。

這我願意。送一程，說一聲再見，又能見到一面。離別拉得長，是增加痛苦還是減少痛苦呢？我算不清。但是我陪他走得愈遠，愈怕從此不見。

楊柳又變成嫩綠的長條，又漸漸黃落，驛道上又滿地落葉，一棵棵楊柳又都變成光禿禿的寒柳。

那天我走出客棧，忽見門後有個石礅，和鍾書船上的一模一樣。我心裏一驚。誰上船偷了船上的東西？我摸摸衣袖上的別針，沒敢問。

我走著走著，看見迎面來了一男一女。我從沒有在驛道上遇見什麼過客。女的夾著一條跳板，男的拿著一枝長竹篙，分明是鍾書船上的。

我攔住他們說：「你們是什麼人？這是船上的東西！」

男女兩個理都不理，大踏步往客棧走去。他們大約就是我從未見過的艄公艄婆。

我一想不好，違犯警告了。一遲疑間，那兩人已走遠。我追不上，追上也無力搶他們的東西。

我往前走去，卻找不到慣見的斜坡。一路找去，沒有斜坡，也沒有船。前面沒有路了。我走上一個山坡，攔在面前的是一座亂山。太陽落到山後去了。

我急著往上爬，想尋找河裏的船。昏暗中，能看到河的對岸也是山，河裏漂蕩著一隻小船，一會兒給山石擋住，又看不見了。

我眼前一片昏黑，耳裏好像能聽到嘩嘩的水聲。山裏沒有路，我在亂石間拚命攀登，想爬向高處，又不敢遠離水聲。我摸到石頭，就雙手扳住了往上跨兩步；摸到樹幹，就抱住了歇下喘口氣。風很寒冷，但是我穿戴得很厚，又不停地在使勁。一個人在昏黑的亂山裏攀登，時間是漫長的。我是否在山石坳處坐過，是否靠著大樹背後歇過，我都模糊了。我只記得前一晚下船時，鍾書強睜著眼睛招待我；我說：「你倦了，閉上眼，睡吧。」

他說：「絳，好好里（即『好生過』）。」

我有沒有說「明天見」呢？

晨光熹微，背後遠處太陽又出來了。我站在亂山頂上，前面是煙霧濛濛的一片雲海。隔岸的山，比我這邊還要高。被兩山鎖住的一道河流，從兩山之間瀉出，像瀑布，發出嘩嘩水聲。

我眼看著一葉小舟隨著瀑布沖瀉出來，一道光似地衝入茫茫雲海，變成了一個小點；看著看著，那小點也不見了。

我但願我能變成一塊石頭，屹立山頭，守望著那個小點。我自己問自己：山上的石頭，是不是一個個女人變成的「望夫石」？我實在不想動了，但願變成一塊石頭，守望著我已經看不見的小船。

但是我只變成了一片黃葉，風一吹，就從亂石間飄落下去。我好勞累地爬上山頭，卻給風一下子掃落到古驛道上，一路上拍打著驛道往回掃去。我撫摸著一步步走過的驛道，一路上都是離情。

還沒到客棧，一陣旋風把我捲入半空。我在空中打轉，暈眩得閉上眼睛。我睜開眼睛，我正落在往常變了夢歇宿的三里河臥房的床頭。不過三里河的家，已經不復是家，只是我的客棧了。

第三部　我一個人思念我們仨

一九三六年冬，錢鍾韓来牛津小住，為我们俩攝於牛津大学公園的桥上和桥下。

當時我们租居的房子，门對大学公園，

1934年，鍾書在上海光華大学教英語，當時二十四歲。大約是他的得意照。所以多年後特揀出贈圓女。

一九三八年攝於巴黎卢森堡公園

1938年回國途中，在 AthosII 船上攝。

錢瑗二十歲
攝於新北大
中關園26号

圓圓五歲

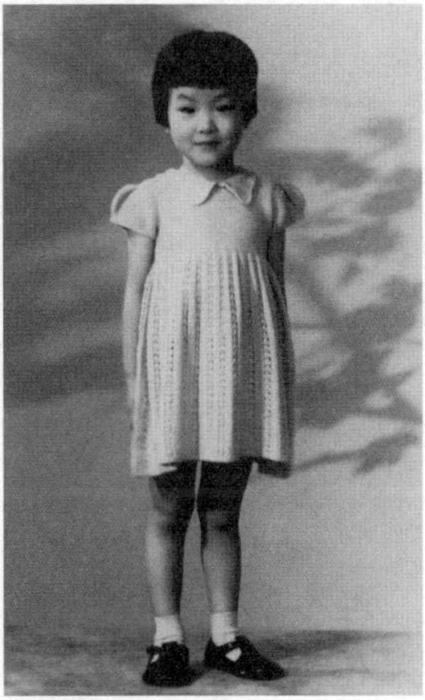

1990年，钱瑗在英国Newcastle大学当客座教授.

我们俩争讀女兒自英國寄來的家信.

钱瑗和爸爸最"哥们"，
钟书爱说女儿像他。

1980年，钱瑗在英国Lancaster大学进修二年后
回家，在国外学会烹调，正做了拿手菜孝敬父母。

我們三人各自工作，各不相擾。鍾書正在
添補他的韋氏大辭典。

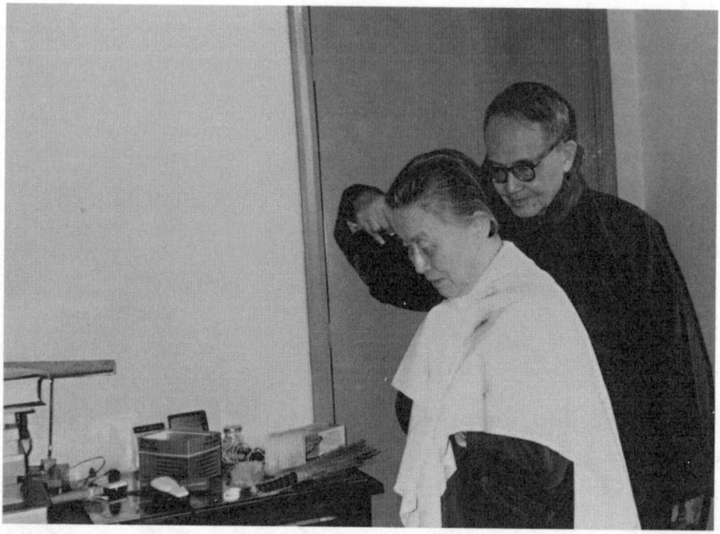

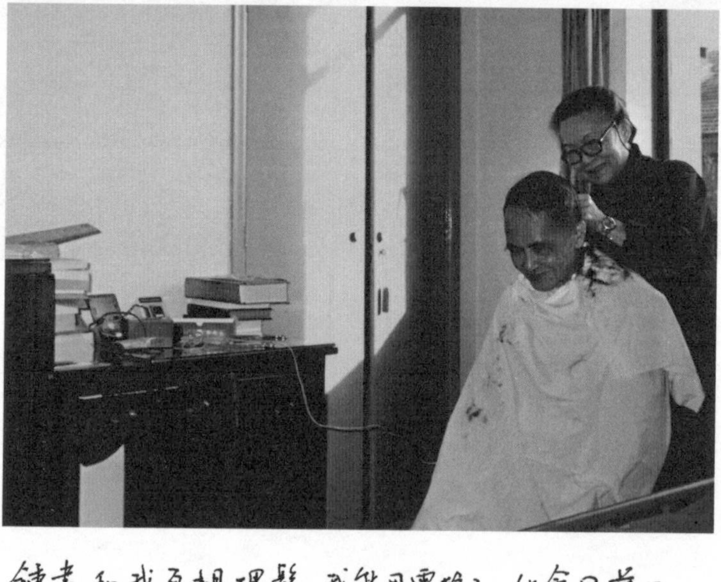

鍾書和我互相理髮。我能用電推子，他會用剪刀。

我们觉得 终於有了一个家。

1981年攝於三里河寓所。

鍾書贈我十絕句，作於一九五九年。「二十六年前」即一九三三年。他曾將自己早年的詩，手寫自訂成冊贈我。

第三首引用北齊崔氏靧面辭：

取紅花，取白雪，與兒洗面作光悅；
取白雪，取紅花，與兒洗面作妍華；
取花紅，取雪白，與兒洗面作光澤；
取雪白，取花紅，與兒洗面作華容。

第六首指我寫的劇本。

第七首有自註：余小說「圍城」出版後，頗多癡人說夢者。

廿載猶勞好護持豪粗語大悲
詩而今律細才偏退可許情懷似
昔時
少年情事宛留痕縱擬時時夢一
溫秋月春風常坐互懊儂數子
耆銷魂
纖眼穿多憶見初蕾微新瓣淺
醒酣不知醺後見時開曾似紅花
和雪堂
遠遊洋湯共乘槎始識勞生未了
涯從是鱗書括章外料量操業
學南家

弄綿絲脂詠玉麈青編粉指更勤
男偏生性柔耽出癖忘卻多為
女秀才
世情擬演栩如生共際傳神着
墨輕自嘆爭名久未習厭學清照
之明誠
荒唐滿帋古而新源從淫敘幻想
焦惱煞教名不孫我損無端説夢
向癡人
百宜一好是天然為説中年饒嬾
着拈生天韶餘態自恰如詩品有
都官

雪老霜新慣自支，歲寒粲粲見冰姿。暗香疏影無窮意，桃李漫山總不知。

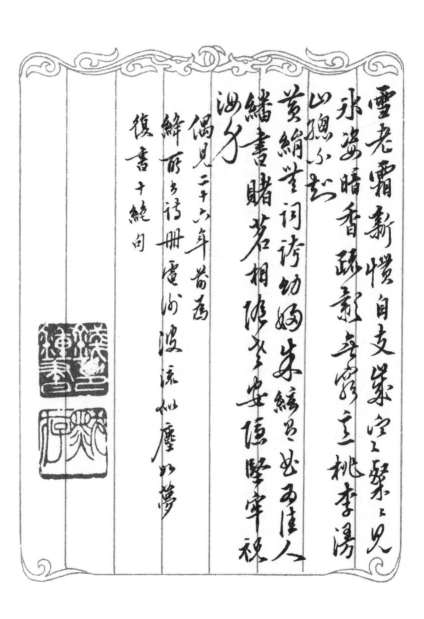

黃絹無詞誇幼婦，朱絲有曲為佳人。繙書賭茗相隨老，安隱堅牢祝此身。

偶見二十六年前為絳所書詩冊，電謝波流，似塵如夢，復書十絕句

「寧都再夢圓女」詩，作於一九三九年十月赴湖南藍田途中，時圓圓二歲。

「三齡女學書」一詩，作於一九四〇年

寧都再夢圓女

汝豈解吾覓夢中能再過猶禁出庭户誰導越山河汝祖盼吾切如吾念汝多方疑背母至驚醒失相訶

絳書來云三齡女學書見今隸朋字曰此兩月相暱耳喜憶唐劉晏事戲詠

穎悟如娘創似翁正來朋字竟能通方知左氏誇嬌女不數劉家有丑童 晏神童而貌陋

楊絳录槐聚詩
二〇〇三年四月

三里河寓所，曾是我的家，因爲有我們仨。我們仨失散了，家就沒有了。剩下我一個，又是老人，就好比日暮途窮的羈旅倦客；顧望徘徊，能不感歎「人生如夢」「如夢幻泡影」？

但是，儘管這麼說，我卻覺得我這一生並不空虛；我活得很充實，也很有意思，因爲有我們仨。也可說：我們仨都沒有虛度此生，因爲是我們仨。

「我們仨」其實是最平凡不過的。誰家沒有夫妻子女呢？至少有夫妻二人，添上子女，就成了我們三個或四個五個不等。只不過各家各個樣兒罷了。

我們這個家，很樸素；我們三個人，很單純。我們與世無求，與人無爭，只求相聚在一起，相守在一起，各自做力所能及的事。碰到困難，鍾書總和我一同承當，困難就不復困難；還有個阿瑗相伴相助，不論什麼苦澀艱辛的事，都能變得甜潤。我們稍有一點快樂，也會變得非常快樂。所以我們仨是不尋常的遇合。

現在我們三個失散了。往者不可留，逝者不可追；剩下的這個我，再也找不到他們了。我只能把我們一同生活的歲月，重溫一遍，和他們再聚聚。

一

一九三五年七月，鍾書不足二十五歲，我二十四歲略欠幾天，我們結了婚同到英國牛津求學。我們離家遠出，不復在父母庇蔭之下，都有點戰戰兢兢；但有兩人作伴，可相依爲命。

鍾書常自歎「拙手笨腳」。我只知道他不會打蝴蝶結，分不清左腳右腳，拿筷子只會像小孩兒那樣一把抓。我並不知道其他方面他是怎樣的笨，怎樣的拙。

他初到牛津，就吻了牛津的地，磕掉大半個門牙。他是一人出門的，下公共汽車未及站穩，車就開了。他臉朝地摔一大跤。那時我們在老金（Mr. King）家做房客。同寓除了我們夫婦，還有住單身房的兩位房客，一姓林，一姓曾，都是到牛津訪問的醫學專家。鍾書摔了跤，自己又走回來，用大手絹捂著嘴。手絹上全是鮮血，抖開手絹，落下半枚斷牙，滿口鮮血。我急得不知怎樣能把斷牙續上。幸同寓都是醫生。他們教我陪鍾書趕快找牙醫，拔去斷牙，然後再鑲假牙。

牛津大學的秋季始業（Michaelmas Term）在十月前後。當時還未開學。我們下船後曾在倫敦觀光小住，不等學期開始就到牛津了。鍾書已由官方爲他安排停當，入埃克塞特（Exeter）學院，攻讀文學學士（B. Litt）學位。我正在接洽入學事。我打算進不供住宿的女子學院（Home Students），但那裏攻讀文學的學額已滿，要入學，只能修歷史。我不願意。

我曾毫不猶豫地放棄了美國衛斯理女子學院（Wellesley College）的獎學金，因爲獎學金只供學費。我的母校校長以爲我傻，不敢向父親爭求。其實我爸爸早已答應我了。我只是心疼爸爸負擔重，他已年老，我不願增加他的背累。我指望考入清華研究院，可以公費出國。我居然考上了。可是我們當時的系主任偏重戲劇。外文系研究生沒一個專攻戲劇。他說清華外文系研究生都沒出息，外文系不設出國深造的公費學額。其實，比我高一級的趙蘿蕤和我都是獲得獎學金的優秀生；而清華派送出國的公費生中，有兩人曾和我在東吳同學，我的學業成績至少不輸他們，我是獲得東吳金鑰匙獎的。偏我沒出息？我暗想：假如我上清華外文系本科，假如我選修了戲劇課，說不定我也能寫出一個小劇本來，說不定系主任會把我做培養對象呢。但是我的興趣不在戲劇而在小說。那時候我年紀小，不懂得造化弄人，只覺得很不服氣。既然我無緣公費出國，我就和鍾書一同出國，借他的光，可省些生活費。

可是牛津的學費已較一般學校昂貴，還要另交導師費，房租伙食的費用也較高。假如我到別處上學，兩人分居，就得兩處開銷，再加上來往旅費，並不合算。鍾書磕掉門牙是意外事；但這類意外，也該放在預算之中。這樣一算，他的公費就沒多少能讓我借光的了。萬一我也有意外之需，我怎麼辦？我爸爸已經得了高血壓症。那時候沒有降壓的藥。我離開爸爸媽媽，心上已萬分抱愧，我怎能忍心再向他們要錢？我不得已而求其次，只好安於做一個旁聽生，聽幾門課，到大學圖書館（Bodleian）自習。

老金家供一日四餐——早餐、午餐、午後茶和晚餐。我們住一間雙人臥房兼起居室，窗臨花園，每日由老金的妻女收拾。我既不是正式學生，就沒有功課，全部時間都可自己支配。我從沒享受過這等自由。我在蘇州上大學時，課餘常在圖書館裏尋尋覓覓，想走入文學領域而不得其門。考入清華後，又深感自己欠修許多文學課程，來不及補習。這回，在牛津大學圖書館裏，滿室滿架都是文學經典，我正可以從容自在地好好補習。

圖書館臨窗有一行單人書桌，我可以佔據一個桌子。架上的書，我可以自己取。讀不完的書可以留在桌上。在那裏讀書的學生寥寥無幾，環境非常清靜。我爲自己定下課程表，一本一本書從頭到尾細讀。能這樣讀書，還有什麼不滿意的呢？

學期開始後，鍾書領得一件黑布背心，背上有兩條黑布飄帶。他是我國的庚款公費生，在牛津卻是自費生（Commoner）。自費的男女學生，都穿這種黑布背心。男學生有一只硬的方頂帽子，但誰都不戴。領獎學金的學生穿長袍。女學生都戴軟的方頂帽子。我看到滿街都是穿學生裝的人，大有失學兒童的自卑感，直羨慕人家有而我無份的那件黑布背心。

牛津大學的大課，課堂在大學樓；鍾書所屬學院的課，課堂借用學院的飯廳，都有好些旁聽生。我上的課，鍾書都不上。他有他的必修課。他最吃重的是導師和他一對一的課。我一個人穿著旗袍去上課，經常和兩三位修女一起坐在課堂側面的旁聽座上，心上充滿了自卑感。

鍾書說我得福不知。他叫我看看他必修的課程。我看了，自幸不在學校管轄之下。他也叫我看看前兩屆的論文題目。這也使我自幸不必費這番功夫。不過，嚴格的訓練，是我欠缺的。他呢，如果他也有我這麼多自由閱讀的時間，準會有更大的收穫。反正我們兩個都不怎麼稱心，而他的失望更大。

牛津有一位富翁名史博定（H. N. Spalding）。據說他將爲牛津大學設立一個漢學教授的職位。他弟弟 K. J. Spalding 是漢學家，專研中國老莊哲學。K. J. 是牛津某學院（Brazenose College）的駐院研究員（Fellow Don）。富翁請我們夫婦到他家吃茶，勸鍾書放棄中國的獎學金，改行讀哲學，做他弟弟的助手。他口氣裏，中國的獎學金區區不足道。鍾書立即拒絕了他的建議。以後，我們和他仍有來往，他弟弟更是經常請我們到他那學院寓所去吃茶，藉此請教許多問題。鍾書對於攻讀文學學士雖然不甚樂意，但放棄自己國家的獎學金而投靠外國富翁是決計不幹的。

牛津大學的學生，多半是剛從貴族中學畢業的闊人家子弟，開學期間住在各個學院裏，一到放假便四散旅遊去了。牛津學制每年共三個學期，每學期八周，然後放假六周。第三個學期之後是長達三個多月的暑假。考試不在學期末而在畢業之前，也就是在入學二至四年之後。年輕學生多半臨時抱佛腳，平時對學業不當一回事。他們晚間愛聚在酒店裏喝酒，酒醉後淘氣胡鬧，犯校規是經常的事。所以鍾書所屬的學院裏，每個學生有兩位導師：一是學業導師，一是品行導師（moral tutor）。如學生淘氣出格被拘，由品行導師保釋。鍾書的品行導師不過經常請我們夫婦吃茶而已。

牛津還有一項必須遵守的規矩。學生每周得在所屬學院的食堂裏吃四五次晚飯。吃飯，無非證明這學生住校。吃飯比上課更重要。據鍾書說，獲得優等文科學士學位（B. A. Honours）之後，再吃兩年飯（即住校二年，不含假期）就是碩士；再吃四年飯，就成博士。

當時在牛津的中國留學生，大多是獲得獎學金或領取政府津貼的。他們假期中也離開牛津，別處走走。惟獨鍾書直到三個學期之後的暑假才離開。

這在鍾書並不稀奇。他不愛活動。我在清華借讀半年間，遊遍了北京名勝。他在清華待了四年，連玉泉山、八大處都沒去過。清華校慶日，全校遊頤和園。鍾書也遊過頤和園，他也遊過一次香山，別處都沒去過。直到一九三四年春，我在清華上學，他北來看我，才由我帶著遍遊北京名勝。他作過一組〈北遊詩〉，有「今年破例作春遊」句，如今刪得只剩一首〈玉泉山同絳〉了。

牛津的假期相當多。鍾書把假期的全部時間投入讀書。大學圖書館的經典以十八世紀為界，館內所藏經典作品，限於十八世紀和十八世紀以前。十九、二十世紀的經典和通俗書籍，只可到市圖書館借閱。那裏藏書豐富，借閱限兩星期內歸還。我們往往不到兩星期就要跑一趟市圖書館。我們還有家裏帶出來的中國經典以及詩、詞、詩話等書，也有朋友間借閱或寄贈的書，書店也容許站在書架前任意閱讀，反正不愁無書。

我們每天都出門走走，我們愛說「探險」去。早飯後，我們得出門散散步，讓老金妻女收拾房間。晚飯前，我們的散步是養心散步，走得慢，玩得多。兩種散步都帶「探險」性質，因為我們總挑不認識的地方走，隨處有所發現。

牛津是個安靜的小地方，我們在大街、小巷、一個個學院門前以及公園、郊區、教堂、鬧市，一處處走，也光顧店鋪。我們看到各區不同類型的房子，能猜想住著什麼樣的人家；看著鬧市人流中的各等人，能猜測各人的身分，並配合書上讀到的人物。

牛津人情味重。郵差半路上碰到我們，就把我們的家信交給我們。小孩子就在旁等著，很客氣地向我們討中國郵票。高大的員警，帶著白手套，傍晚慢吞吞地一路走，一路把一家家的大門推推，看是否關好；確有人家沒關好門的，員警會客氣地警告。我們回到老金家寓所，就拉上窗簾，相對讀書。

開學期間，我們稍多些社交活動。同學間最普通的來往是請吃午後茶。師長總在他們家裏請吃午後茶，同學在學院的宿舍裏請。他們教鍾書和我怎麼做茶。先把茶壺溫過，每人用滿滿一茶匙茶葉：你一匙，我一匙，他一匙，也給茶壺一滿匙。四人喝茶用五匙茶葉，三人用四匙。開水可一次次加，茶總夠濃。

鍾書在牛津上學期間，只穿過一次禮服。因為要到聖喬治大飯店赴宴。主人是 C. D. Le Gros Clark。他一九三五年曾出版《蘇東坡賦》一小冊，請鍾書寫了序文。他得知錢鍾書在牛津，特偕夫人從巴黎趕到牛津來相會，請我們夫婦吃晚飯。

我在樓上窗口下望，看見飯店門口停下一輛大黑汽車。有人拉開車門，車上出來一個小小個兒的東方女子。Le Gros Clark 夫人告訴我說：她就是萬金油大王胡文虎之女。Le Gros Clark 曾任婆羅洲總督府高層官員，所以認得。這位胡小姐也在牛津上學。我們只風聞她鑽石失竊事。這番有緣望見了一瞥。

當時中國同學有俞大縝、俞大絪姐妹，向達、楊人楩等。我們家的常客是向達。他在倫敦鈔敦煌卷子，又來牛津爲牛津大學圖書館編中文書目。他因牛津生活費用昂貴，所以寄居休士（E. Hughes）牧師家。同學中還有楊憲益，他年歲小，大家稱小楊。

鍾書也愛玩，不是遊山玩水，而是文字遊戲。滿嘴胡說打趣，還隨口胡謅歪詩。他曾有一首贈向達的打油長詩。頭兩句形容向達「外貌死的路（still），內心生的門（sentimental）」——全詩都是胡說八道，他們倆都笑得捧腹。向達說鍾書：「人家口蜜腹劍，你卻是口劍腹蜜。」能和鍾書對等玩的人不多，不相投的就會嫌鍾書刻薄了。我們和不相投的人保持距離，又好像是驕傲了。我們年輕不諳世故，但是最諳世故、最會做人的同樣也遭非議。鍾書和我就以此自解。

二

老金家的伙食開始還可以，漸漸地愈來愈糟。鍾書飲食習慣很保守，洋味兒的不大肯嘗試，乾酪怎麼也不吃。我食量小。他能吃的，我省下一半給他。我覺得他吃不飽。這樣下去，不能長久。而且兩人生活在一間屋裏很不方便。我從來不是啃分數的學生，可是我很愛惜時間，也和鍾書一樣好讀書。他來一位客人，我就得犧牲三兩個小時的閱讀，勉力做賢妻，還得聞煙臭，心裏暗暗叫苦。

我就出花樣，想租一套備有家具的房間，伙食自理，膳宿都能大大改善，我已經領過市面了。鍾書不以爲然，勸我別多事。他說我又不會燒飯，老金家的飯至少是現成的。我們的房間還寬敞，將就著得過且過吧。我說，像老金家的茶飯我相信總能學會。

我按照報紙上的廣告，一個人去找房子。找了幾處，都遠在郊外。一次我們散步「探險」時，我偶見高級住宅區有一個招租告白，再去看又不見了。我不死心，一人獨自闖去，先準備好一套道歉的話，就大著膽子去敲門。開門的是女房主達蕾女士——一位愛爾蘭老姑娘。她不說有沒有房子出租，只把我打量了一番，又問了些話，然後就帶我上樓去看房子。

房子在二樓。一間臥房，一間起居室，取暖用電爐。兩間屋子前面有一個大陽台，是汽車房的房頂，下臨大片草坪和花園。廚房很小，用電灶。浴室裏有一套古老的盤旋水管，點燃一個小小的火，管內的水幾經盤旋就變成熱水流入一個小小的澡盆。這套房子是挖空心思從大房子裏分隔出來的，由一座室外樓梯下達花園，另有小門出入。我問明租賃的各項條件，第二天就帶了鍾書同去看房。

那裏地段好，離學校和圖書館都近，過街就是大學公園。住老金家，浴室廁所都公用，誰喜歡公用的呢？預計房租、水電費等種種費用，加起來得比老金家的房租貴。這不怕，只要不超出預算就行，我的預算是寬的。鍾書看了房子喜出望外，我們和達蕾女士訂下租約，隨即通知老金家。我們在老金家過了聖誕節，大約新年前後搬入新居。

我們先在食品雜貨商店定好每日的鮮奶和麵包。牛奶每晨送到門口，放在門外。麵包剛出爐就由一個專送麵包的男孩送到家裏，正是午餐時。雞蛋、茶葉、黃油以及香腸、火腿等熟食，雞鴨魚肉、蔬菜水果，一切日用食品，店裏應有盡有。我們只需到店裏去挑選。店裏有個男孩專司送貨上門；貨物裝在木匣裏，送到門口，放在門外，等下一次送貨時再取回空木匣。我們也不用當場付款，要了什麼東西都由店家記在一個小賬本上，每兩星期結一次賬。我們上圖書館或傍晚出門「探險」，路過商店，就訂購日用需要的食品。店家結了賬送來賬本，我們立即付賬，從不拖欠。店主把我們當老主顧看待。我們如訂了陳貨，他就說，「這是陳貨了，過一兩天進了新貨再給你們送。」有了什麼新鮮東西，他也會通知我們。鍾書《槐聚詩存》一九五九年爲我寫的詩裏說什麼「料量柴米學當家」，無非做了預算，到店裏訂貨而已。

我已記不起我們是怎麼由老金家搬入新居的。只記得新居有一排很講究的衣櫥，我懷疑這間屋子原先是一間大臥室的後房。新居的抽屜也多。我們搬家大概是在午後，晚上兩人學會了使用電灶和電壺。一大壺水一會兒就燒開。我們借用達蕾租給我們的日用家具，包括廚房用的鍋和刀、叉、杯、盤等，對付著吃了晚飯。搬一個小小的家，我們也忙了一整天，收拾衣物，整理書籍，直到夜深。鍾書勞累得放倒頭就睡著了，我勞累得睡都睡不著。

我們住入新居的第一個早晨，「拙手笨腳」的鍾書大顯身手。我入睡晚，早上還不肯醒。他一人做好早餐，用一只床上用餐的小桌（像一只稍大的飯盤，帶短腳）把早餐直端到我的床前。我便是在酣睡中也要跳起來享用了。他煮了「五分鐘蛋」，烤了麵包，熱了牛奶，做了又濃又香的紅茶；這是他從同學處學來的本領，居然做得很好（老金家哪有這等好茶！而且爲我們兩人只供一小杯牛奶）；還有黃油、果醬、蜂蜜。我從沒吃過這麼香的早飯！

我們一同生活的日子——除了在大家庭裏，除了家有女傭照管一日三餐的時期，除了鍾書有病的時候，這一頓早飯總是鍾書做給我吃。每晨一大茶甌的牛奶紅茶也成了他畢生戒不掉的嗜好。後來國內買不到印度「立普登」（Lipton）茶葉了，我們用三種上好的紅茶葉摻合在一起作替代：滇紅取其香，湖紅取其苦，祁紅取其色。至今，我家裏還留著些沒用完的三合紅茶葉，我看到還能喚起當年最快樂的日子。

我聯想起三十多年後，一九七二年的早春，我們從幹校回北京不久，北京開始用煤氣罐代替蜂窩煤。我晚上把煤爐熄了。早起，鍾書照常端上早飯，還燣了他愛吃的豬油年糕，滿面得色。我稱讚他能燣年糕，他也不說什麼，裝作若無其事的樣兒。我吃著吃著，忽然詫異說：「誰給你點的火呀？」（因爲平時我晚上把煤爐封上，他早上打開火門，爐子就旺了。）鍾書等著我問呢，他得意說：「我會劃火柴了！」這是他生平第一次劃火柴，爲的是做早飯。

我們搬入達蕾出租的房子，自己有廚房了，鍾書就想吃紅燒肉。俞大縝、大絪姐妹以及其他男同學對烹調都不內行，卻好像比我們懂得一些。他們教我們把肉煮一開，然後把水倒掉，再加生薑、醬油等佐料。生薑、醬油都是中國特產，在牛津是奇貨，而且醬油不鮮，又鹹又苦。我們的廚房用具確是「很不夠的」，買了肉，只好用大剪子剪成一方一方，然後照他們教的辦法燒。兩人站在電灶旁，使勁兒煮——也就是開足電力，湯煮乾了就加水。我記不起那鍋頑固的犟肉是怎麼消繳的了。事後我忽然想起我媽媽做橙皮果醬是用「文火」熬的。對呀，憑我們粗淺的科學知識，也能知道「文火」的名字雖文，力量卻比強火大。下一次我們買了一瓶雪利酒（sherry），當黃酒用，用文火燉肉，湯也不再倒掉，只撇去沫子。紅燒肉居然做得不錯，鍾書吃得好快活唷。

我們搬家是冒險，自理伙食也是冒險，吃上紅燒肉就是冒險成功。從此一法通，萬法通，雞肉、豬肉、羊肉，用「文火」燉，不用紅燒，白煮的一樣好吃。我把嫩羊肉剪成一股一股細絲，兩人站在電灶旁邊涮著吃，然後把蔬菜放在湯裏煮來吃。我又想起我曾看見過廚房裏怎樣炒菜，也學著炒。蔬菜炒的比煮的好吃。

一次店裏送來了扁豆，我們不識貨，一面剝，一面嫌殼太厚、豆太小。我忽然省悟，這是專吃殼兒的，是扁豆，我們燜了吃，很成功。店裏還有帶骨的鹹肉，可以和鮮肉同煮，鹹肉有火腿味。熟食有洋火腿，不如我國的火腿鮮。豬頭肉，我向來認爲「不上台盤」的；店裏的豬頭肉（Bath chap）是製成的熟食，骨頭已去淨，壓成一寸厚的一個圓餅子，嘴、鼻、耳部都好吃，後頸部嫌肥些。還有活蝦。我很內行地說：「得剪掉鬚鬚和腳。」我剛剪得一刀，活蝦在我手裏抽搐，我急得扔下剪子，扔下蝦，逃出廚房，又走回來。鍾書問我怎麼了。我說：「蝦，我一剪，痛得抽抽了，以後咱們不吃了吧！」鍾書跟我講道理，說蝦不會像我這樣痛，他還是要吃的，以後可由他來剪。

我們不斷地發明，不斷地實驗，我們由原始人的烹調漸漸開化，走入文明階段。

我們玩著學做飯，很開心。鍾書吃得飽了，也很開心。他用濃墨給我開花臉，就是在這段時期，也是他開心的表現。

我把做午飯作爲我的專職，鍾書只當助手。我有時想，假如我們不用吃飯，就更輕鬆快活了。可是鍾書不同意。他說，他是要吃的。神仙煮白石，吃了久遠不餓，多沒趣呀，他不羨慕。但他作詩卻說「憂卿煙火熏顏色，欲覓仙人辟穀方」。電灶並不冒煙，他也不想辟穀。他在另一首詩裏說：「鵝求四足鱉雙裙」，我們卻是從未吃過鵝和鱉。鍾書笑我死心眼兒，作詩只是作詩而已。

鍾書幾次對我說，我教你作詩。我總認真說：「我不是詩人的料。」我做學生時期，課卷上作詩總得好評，但那是真正的「押韻而已」。我愛讀詩，中文詩、西文詩都喜歡，也喜歡和他一起談詩論詩。我們也常常一同背詩。我們發現，我們如果同把某一字忘了，左湊右湊湊不上，那個字準是全詩最欠妥帖的字；妥帖的字有黏性，忘不了。

那段時候我們很快活，好像自己打出了一個天地。

我們搬入新居之後，我記得一個大雪天，從前的房東老金踏雪趕來，惶惶然報告大事：「國王去世了。」英王喬治五世去世是一九三六年早春的事。我們沒想到英國老百姓對皇室這麼忠心愛戴，老金真的如喪考妣。不久愛德華八世遜位，鍾書同院的英國朋友司徒亞（Stuart）忙忙地拿了一份號外，特地趕來報告頭條消息。那天也下雪，是當年的冬天。

司徒亞是我家常客，另一位常客是向達。向達嘀咕在休士牧師家天天吃土豆，頓頓吃土豆。我們請他同吃我家不像樣的飯。他不安於他所寄居的家，社交最多，常來談說中國留學生間的是是非非，包括鍾書挨的罵。因爲我們除了和俞氏姐妹略有來往，很脫離群眾。

司徒亞是同學院同讀 B. Litt 學位的同學，他和鍾書最感頭痛的功課共兩門，一是古文書學（Paleography），一是訂書學。課本上教怎樣把整張大紙摺了又摺，課本上畫有如何摺疊的虛線。但他們倆怎麼摺也摺不對。兩人氣得告狀似地告到我面前，說課本豈有此理。我是女人，對於摺紙釘線類事較易理解。我指出他們摺反了。課本上畫的是鏡子裏的反映式。兩人恍然，果然摺對了。他們就拉我一同學古文書學。我找出一支耳挖子，用針尖點著一個個字認。例如「a」字最初是「α」，逐漸變形。他們的考題其實並不難，只要求認字正確，不計速度。考生只需翻譯幾行字，不求量，但嚴格要求不得有錯，錯一字則倒扣若干分。鍾書慌慌張張，沒看清題目就急急翻譯，把整頁古文書都翻譯了。他把分數賠光，還欠下不知多少分，只好不及格重考。但是他不必擔憂，補考準能及格。所以考試完畢，他也如釋重負。

我們和達蕾女士約定，假後還要回來，她將給我們另一套稍大的房子，因爲另一家租戶將要搬走了。我們就把行李寄放她家，輕裝出去度假，到倫敦、巴黎「探險」去。

這一學年，該是我生平最輕鬆快樂的一年，也是我最用功讀書的一年，除了想家想得苦，此外可說無憂無慮。鍾書不像我那麼苦苦地想家。

三

我們第一次到倫敦時，鍾書的堂弟鍾韓帶我們參觀大英博物館和幾個有名的畫廊以及蠟人館等處。這個暑假他一人騎了一輛自行車旅遊德國和北歐，並到工廠實習。鍾書只有佩服的份兒。他絕沒這等本領，也沒有這樣的興趣。他只會可憐巴巴地和我一起「探險」：從寓所到海德公園，又到托特納姆路的舊書店；從動物園到植物園；從闊綽的西頭到東頭的貧民窟；也會見了一些同學。

巴黎的同學更多。不記得是在倫敦還是在巴黎，鍾書接到政府當局打來的電報，派他做一九三六年「世界青年大會」的代表，到瑞士日內瓦開會。代表共三人，鍾書和其他二人不熟。我們在巴黎時，不記得經何人介紹，一位住在巴黎的中國共產黨員王海經請我們吃中國館子。他請我當「世界青年大會」的共產黨代表。我很得意。我和鍾書同到瑞士去，有我自己的身分，不是跟去的。

鍾書和我隨著一群共產黨的代表一起行動。我們開會前夕，乘夜車到日內瓦。我們倆和陶行知同一個車廂，三人一夜談到天亮。陶行知還帶我走出車廂，在火車過道裏，對著車外的天空，教我怎樣用科學方法，指點天上的星星。

「世界青年大會」開會期間，我們兩位大代表遇到可溜的會，一概逃會。我們在高低不平、窄狹難走的山路上，「探險」到萊蒙湖邊，妄想繞湖一周。但愈走得遠，湖面愈廣，沒法兒走一圈。

重要的會，我們並不溜。例如中國青年向世界青年致辭的會，我們都到會。上台發言的，是共產黨方面的代表；英文的講稿，是錢鍾書寫的。發言的反映還不錯。

我們從瑞士回巴黎，又在巴黎玩了一兩星期。

當時我們有幾位老同學和朋友在巴黎大學（Sorbonne）上學，如盛澄華就是我在清華同班上法文課的。據說我們如要在巴黎大學攻讀學位，需有兩年學歷。巴黎大學不像牛津大學有「吃飯制」保證住校，不妨趁早註冊入學。所以我們在返回牛津之前，就託盛澄華爲我們代辦註冊入學手續。一九三六年秋季始業，我們雖然身在牛津，卻已是巴黎大學的學生了。

達蕾女士這次租給我們的一套房間比上次的像樣。我們的澡房有新式大澡盆，不再用那套古老的盤旋管兒。不過熱水是電熱的，一個月後，我們方知電賬驚人，趕忙節約用熱水。

我們這一暑假，算是遠遊了一趟；返回牛津，我懷上孩子了。成了家的人一般都盼個孩子，我們也不例外。好在我當時是閒人，等孩子出世，帶到法國，可以托出去。我們知道許多在巴黎上學的女學生有了孩子都托出去，或送托兒所，或寄養鄉間。

鍾書諄諄囑咐我：「我不要兒子，我要女兒——只要一個，像你的。」我對於「像我」並不滿意。我要一個像鍾書的女兒。女兒，又像鍾書，不知是何模樣，很費想像。我們的女兒確實像鍾書，不過，這是後話了。

我以爲肚裏懷個孩子，可不予理睬。但懷了孩子，方知我得把全身最精粹的一切貢獻給這個新的生命。在低等動物，新生命的長成就是母體的消滅。我沒有消滅，只是打了一個七折，什麼都減退了。鍾書到年終在日記上形容我：「晚，季總計今年所讀書，歉然未足……」笑我「以才媛而能爲賢妻良母，又欲作女博士……」

鍾書很鄭重其事，很早就陪我到產院去定下單人病房並請女院長介紹專家大夫。院長問：

「要女的？」（她自己就是專家。普通病房的產婦全由她接生。）

鍾書說：「要最好的。」

女院長就爲我介紹了斯班斯大夫（Dr Spence）。他家的花園洋房離我們的寓所不遠。斯班斯大夫說，我將生一個「加冕日娃娃」。因爲他預計娃娃的生日，適逢喬治六世加冕大典（五月十二日）。但我們的女兒對英王加冕毫無興趣，也許她並不願意到這個世界上來。我十八日進產院，十九日竭盡全力也無法叫她出世。大夫爲我用了藥，讓我安然「死」去。

等我醒來，發現自己像新生嬰兒般包在法蘭絨包包裏，腳後還有個熱水袋。肚皮倒是空了，渾身連皮帶骨都是痛，動都不能動。我問身邊的護士：「怎麼回事兒？」

護士說：「你做了苦工，很重的苦工。」

另一護士在門口探頭。她很好奇地問我：「你爲什麼不叫不喊呀？」她眼看我痛得要死，卻靜靜地不吭一聲。

我沒想到還有這一招，但是我說：「叫了喊了還是痛呀。」

她們越發奇怪了。

「中國女人都通達哲理嗎？」

「中國女人不讓叫喊嗎？」

護士抱了娃娃來給我看，說娃娃出世已渾身青紫，是她拍活的。據說娃娃是牛津出生的第二個中國嬰兒。我還未十分清醒，無力說話，又昏昏睡去。

鍾書這天來看了我四次。我是前一天由汽車送進產院的。我們的寓所離產院不算太遠，但公交車都不能到達。鍾書得橫越幾道平行的公交車路，所以只好步行。他上午來，知道得了一個女兒，醫院還不讓他和我見面。第二次來，知道我上了悶藥，還沒醒。第三次來見到了我；我已從法蘭絨包包裹解放出來，但是還昏昏地睡，無力說話。第四次是午後茶之後，我已清醒。護士特爲他把娃娃從嬰兒室裏抱出來讓爸爸看。

鍾書仔仔細細看了又看，看了又看，然後得意地說：「這是我的女兒，我喜歡的。」

阿圓長大後，我把爸爸的「歡迎辭」告訴她，她很感激。因爲我當時還從未見過初生的嬰兒，據我的形容，她又醜又怪。我得知鍾書是第四次來，已來來回回走了七趟，怕他累壞了，囑他坐汽車回去吧。

阿圓懂事後，每逢生日，鍾書總要說，這是母難之日。可是也難爲了爸爸，也難爲了她本人。她是死而復蘇的。她大概很不願意，哭得特響。護士們因她啼聲洪亮，稱她Miss Sing High，譯意爲「高歌小姐」，譯音爲「星海小姐」。

單人房間在樓上。如天氣晴麗，護士打開落地長窗，把病床拉到陽台上去。我偶曾見到鄰室兩三個病號。估計全院的單人房不過六七間或七八間。護士服侍周到。我的臥室是阿圓的餐室，每日定時護士把娃娃抱來吃我，吃飽就抱回嬰兒室。那裏有專人看管，不穿白大褂的不准入內。

一般住單人房的住一星期或十天左右，住普通病房的只住五到七天，我卻住了三個星期又二天。產院收費是一天一幾尼（guinea——合一點零五英鎊，商店買賣用「鎊」計算，但導師費、醫師費、律師費等都用「幾尼」），產院床位有限，單人房也不多，不歡迎久住。我幾次將出院又生事故，產院破例讓我做了一個很特殊的病號。

出院前兩天，護士讓我乘電梯下樓參觀普通病房——一個統房間，三十二個媽媽，三十三個娃娃，一對是雙生。護士讓我看一個個娃娃剝光了過磅，一個個洗乾淨了又還給媽媽。娃娃都躺在睡籃裏，掛在媽媽床尾。我很羨慕娃娃掛在床尾，因爲我只能聽見阿圓的哭聲，卻看不到她。護士教我怎樣給娃娃洗澡穿衣。我學會了，只是沒她們快。

鍾書這段時期只一個人過日子，每天到產院探望，常苦著臉說：「我做壞事了。」他打翻了墨水瓶，把房東家的桌布染了。我說，「不要緊，我會洗。」

「墨水呀！」

「墨水也能洗。」

他就放心回去。然後他又做壞事了，把檯燈砸了。我問明是怎樣的燈，我說：「不要緊，我會修。」他又放心回去。下一次他又滿面愁慮，說是把門軸弄壞了，門軸兩頭的門球脫落了一個，門不能關了。我說，「不要緊，我會修。」他又放心回去。

我說「不要緊」，他眞的就放心了。因爲他很相信我說的「不要緊」。我們在倫敦「探險」

時，他顴骨上生了一個疔。我也很著急。有人介紹了一位英國護士，她教我做熱敷。我安慰鍾書說：「不要緊，我會給你治。」我認認眞眞每幾小時爲他做一次熱敷，沒幾天，我把粘在紗布上的末一絲膿連根拔去，臉上沒留下一點疤痕。他感激之餘，對我說的「不要緊」深信不疑。我住產院時他做的種種「壞事」，我回寓後，眞的全都修好。

鍾書叫了汽車接妻女出院，回到寓所。他燉了雞湯，還剝了碧綠的嫩蠶豆瓣，煮在湯裏，盛在碗裏，端給我吃。錢家的人若知道他們的「大阿官」能這般伺候產婦，不知該多麼驚奇。

鍾書順利地通過了論文口試。同屆一位留學牛津的庚款生，口試後很得意地告訴鍾書說，「考官們只提了一個問題，以後就沒有誰提問了。」不料他的論文還需重寫。鍾書同學院的英國朋友，論文口試沒能通過，就沒得學位。鍾書領到一張文學學士（B. Litt）文憑。他告別牛津友好，摒擋行李，一家三口就前往法國巴黎。

四

我們的女兒已有名有號。祖父給她取名健汝，又因她生肖屬牛，他起了一個卦，「牛麗于英」，所以號麗英。這個美麗的號，我們不能接受，而「錢健汝」叫來拗口，又叫不響。我們隨時即興，給她種種諢名，最順口的是圓圓，圓圓成了她的小名。

圓圓出生後的第一百天，隨父母由牛津乘火車到倫敦，換車到多佛（Dover）港口，上渡船過海，到法國加來（Calais）港登陸，入法國境，然後乘火車到巴黎，住入朋友爲我們在巴黎近郊租下的公寓。

圓圓穿了長過半身的嬰兒服，已是個蠻漂亮的娃娃。一位倫敦上車的中年乘客把熟睡的圓圓細細端詳了一番，用雙關語恭維說，「a China baby」（一個中國娃娃），也可解作「a china baby」（一個瓷娃娃），因爲中國娃娃肌理細膩，像瓷。我們很得意。

我因鍾書不會抱孩子，把應該手提的打字機之類都塞在大箱子裏結票。他兩手提兩只小提箱，我抱不動娃娃的時候可和他換換手。渡輪抵達法國加來，港口管理人員上船，看見我抱著個嬰兒立在人群中，立即把我請出來，讓我抱著阿圓優先下船。滿船渡客排成長隊，挨次下船。我第一個到海關，很悠閒地認出自己的一件件行李。鍾書隨後也到了。海關人員都爭看中國娃娃，行李一件也沒查。他們表示對中國娃娃的友好，沒打開一只箱子，笑嘻嘻地一一畫上「通過」的記號。我覺得法國人比英國人更關心並愛護嬰兒和母親。

公寓的主人咖淑夫人（Madame Caseau）是一名退休的郵務員。她把退休金買下一幢房子出租，兼供部分房客的一日三餐。伙食很便宜，卻又非常豐盛。她是個好廚司，做菜有一手。她丈夫買菜不知計較，買了魚肉，又買雞鴨。飯擺在她家飯間裏，一大桌，可坐十數人，男女都是單身房客。我們租的房間有廚房，可是我們最初也包飯。替我們找到這所公寓的是留學巴黎大學的盛澄華。他到火車站來接，又送我們到公寓。公寓近車站，上車五分鐘就到巴黎市中心了。

巴黎的中國學生真不少，過境觀光的旅客不算，留學歐美而來巴黎度假的就很多。我們每出門，總會碰到同學或相識。當時寄宿巴黎大學宿舍「大學城」（Cité Universitaire）的學生，有一位H小姐住美國館，一位T小姐住英國館，盛澄華住瑞士館。其他散居巴黎各區。我們經常來往的是林藜光、李偉夫婦。李偉是清華同學，中文系的，能作詩填詞，墨筆字寫得很老練。林藜光專攻梵文，他治學嚴謹，正在讀國家博士。他們有一個兒子和我們的女兒同年同月生。

李偉告訴我說，某某等同學的孩子送入托兒所，生活刻板，吃、喝、拉、撒、睡都按規定的時間。她捨不得自己的孩子受這等訓練。我也捨不得。

我們對門的鄰居是公務員太太，丈夫早出晚歸。她沒有孩子，常來抱圓圓過去玩。她想把孩子帶到鄉間去養，對我們說：鄉間空氣好，牛奶好，菜蔬也好。她試圖說服我把孩子交託給她帶到鄉間去。她說：我們去探望也很方便。

如果這是在孩子出生之前，我也許會答應。可是孩子懷在肚裏，倒不掛心，孩子不在肚裏了，反叫我牽心掛腸，不知怎樣保護才妥當。對門太太曾把圓圓的小床挪入她的臥房，看孩子能否習慣。圓圓倒很習慣，乖乖地睡到老晚，沒哭一聲。鍾書和我兩個卻通宵未眠。他和我一樣的牽心掛腸。好在對門太太也未便回鄉，她丈夫在巴黎上班呢。她隨時可把孩子抱過去玩。我們需一同出門的時候，就託她照看。當然，我們也送她報酬。

鍾書通過了牛津的論文考試，如獲重赦。他覺得為一個學位賠掉許多時間，很不值當。他白費功夫讀些不必要的功課，想讀的許多書都只好放棄。因此他常引用一位曾獲牛津文學學士的英國學者對文學學士的評價：「文學學士，就是對文學無識無知。」鍾書從此不想再讀什麼學位。我們雖然繼續在巴黎大學交費入學，我們只各按自己定的課程讀書。巴黎大學的學生很自由。

住在巴黎大學城的兩位女士和盛澄華，也都不想得博士學位。巴黎大學博士論文的口試是公開的，誰都可去旁聽。他們經常去旁聽。考官也許為了賣弄他們漢學精深，總要問些刁難的問題，讓考生當場出醜，然後授予博士學位。

眞有學問的學者，也免不了這場難堪。花錢由槍手做論文的，老著面皮，也一般得了博士學位。所以林藜光不屑做巴黎大學博士，他要得一個國家博士。可惜他幾年後得病在巴黎去世，未成國家博士。

鍾書在巴黎的這一年，自己下功夫扎扎實實地讀書。法文自十五世紀的詩人維容（Villon）讀起，到十八、十九世紀，一家家讀將來。德文也如此。他每日讀中文、英文，隔日讀法文、德文，後來又加上義大利文。這是愛書如命的鍾書恣意讀書的一年。我們初到法國，兩人同讀福樓拜（Gustave Flaubert）的《包法利夫人》（*Madame Bovary*），他的生字比我多。但一年以後，他的法文水平遠遠超過了我，我恰如他《圍城》裏形容的某太太「生小孩兒都忘了」。

我們交遊不廣，但巴黎的中國留學生多，我們經常接觸到一個小圈子的人，生活也挺熱鬧。

向達也到了巴黎，他仍是我家的常客。林藜光好客，李偉能烹調，他們家經常請客吃飯。T小姐豪爽好客，也經常請客。H小姐是她的朋友，比她更年輕貌美。H小姐是盛澄華的意中人。盛澄華很羨慕我們夫妻同學，也想結婚。可是H小姐還沒有表示同意。有一位由汪精衛資助出國留學的哲學家正在追T小姐。追求T小姐的不止一人，所以，僅我提到的這幾個人，就夠熱鬧的。我們有時在大學城的餐廳吃飯，有時在中國餐館吃飯。

哲學家愛擺弄他的哲學家架式，宴會上總喜歡出個題目，叫大家「思索」回答。有一次他說：「哎，咱們大家說說，什麼是自己最嚮往的東西，什麼是最喜愛的東西。」T小姐最嚮往的是「光明」，最喜愛的是「靜」。這是哲學家最讚許的答案。最糟糕的是另一位追求T小姐的先生。我忘了他嚮往什麼，他最喜歡的東西——他用了三個法國字，組成一個猥褻詞，相當於「他媽的」（我想他是故意）。這就難怪T小姐鄙棄他而嫁給哲學家了。

我們兩個不合群，也沒有多餘的閒工夫。咖淑夫人家的伙食太豐富，一道一道上，一餐午飯可消磨兩個小時。我們愛惜時間，伙食又不合脾胃，所以不久我們就自己做飯了。鍾書趕集市，練習說法語；在房東餐桌上他只能旁聽。我們用大鍋把雞和暴醃的鹹肉同煮，加平菇、菜花等蔬菜。我喝湯，他吃肉，圓圓吃我。咖淑夫人教我做「出血牛肉」（bœuf saignant），我們把鮮紅的血留給圓圓吃。她還吃麵包蘸蛋黃，也吃空心麵，養得很結實，很快地從一個小動物長成一個小人兒。

我把她肥嫩的小手小腳托在手上細看，骨骼造型和鍾書的手腳一樣一樣，覺得很驚奇。鍾書聞聞她的腳丫丫，故意做出噁心嘔吐的樣兒，她就笑出聲來。她看到鏡子裏的自己，會認識是自己。她看到我們看書，就來搶我們的書。我們為她買一只高凳，買一本大書——丁尼生（Alfred Tennyson）的全集，字小書大，沒人要，很便宜。她坐在高凳裏，前面攤一本大書，手裏拿一支鉛筆，學我們的樣，一面看書一面在書上亂畫。

鍾書給他朋友司徒亞的信上形容女兒頑劣，地道是鍾書的誇張。其實女兒很乖。我們看書，她安安靜靜自己一人畫書玩。有時對門太太來抱她過去玩。我們買了推車，每天推她出去。她最早能說的話是「外外」，要求外邊去。

我在牛津產院時，還和父母通信，以後就沒有家裏的消息，從報紙上得知家鄉已被日軍佔領，接著從上海三姐處知道爸爸帶了蘇州一家人逃難避居上海。我們遷居法國後，大姐姐來過幾次信。我總覺得缺少了一個聲音，媽媽怎麼不說話了？過了年，大姐姐才告訴我：媽媽已於去年十一月間逃難時去世。這是我生平第一次遭遇的傷心事，悲苦得不知怎麼好，只會慟哭，哭個沒完。鍾書百計勸慰，我就狠命忍住。我至今還記得當時的悲苦。但是我沒有意識到，悲苦能任情啼哭，還有鍾書百般勸慰，我那時候是多麼幸福。

我自己才做了半年媽媽，就失去了自己的媽媽。常言「女兒做母親，便是報娘恩」。我雖然嘗到做母親的艱辛，我沒有報得娘恩。

我們爲國爲家，都十分焦慮。獎學金還能延期一年，我們都急要回國了。當時巴黎已受戰事影響，回國的船票很難買。我們輾轉由里昂大學爲我們買得船票，坐三等艙回國。那是一九三八年的八月間。

五

我們出國乘英國郵船二等艙，伙食非常好。回國乘三等艙，伙食差多了。圓圓剛斷奶兩個月，船上二十多天，幾乎頓頓吃土豆泥。上船時圓圓算得一個肥碩的娃娃，下船時卻成了個瘦弱的孩子。我深恨自己當時疏忽，沒爲她置備些乳製品，輔佐營養。我好不容易餵得她胖胖壯壯，到上海她不胖不壯了。

鍾書已有約回清華教書，我已把他的書本筆記和衣物單獨分開。船到香港，他就上岸直赴昆明西南聯大（清華當時屬西南聯大）。他隻身遠去，我很不放心。圓圓眼看著爸爸坐上小渡船離開大船，漸去漸遠，就此不回來了，她直發呆。她還不會說話，我也無法和她解釋。船到上海，我由鍾書的弟弟和另一親戚接到錢家。我們到辣斐德路錢家，已是黃昏時分。我見到了公公（我稱爹爹）、婆婆（我稱唔娘）、叔父（我稱小叔叔）、嬸母（我稱四嬸嬸），以及妯娌、小叔子、小姑子等。

圓圓在船上已和乘客混熟了，這時突然面對一屋子生人，而親人又只剩了媽媽一個，她的表現很不文明。她並不撲在媽媽身上躲藏，只對走近她的人斬絕地說「non non!」（我從未教過她法語），然後像小狗般低吼「ｒｒｒｒｒ……」，捲的是小舌頭（我也從不知道她會捲小舌頭）。這大概是從「對門太太」處學來的，或是她自己的臨時應付。她一歲零三個多月了，不會叫人，不會說話，走路只會扶著牆橫行，走得還很快。這都證明我這個書呆子媽媽沒有管教。

大家把她的低吼稱作「打花舌頭」，覺得新奇，叫她再「打個花舌頭」，她倒也懂，就再打個花舌頭。不過，她原意是示威，不是賣藝，幾天以後就不肯再表演，從此她也不會「打花舌頭」了。錢家的長輩指出，她的洋皮鞋太硬，穿了像猩猩穿木屐；給她換上軟鞋，果然很快就能走路了。

她從小聽到的語言，父母講的是無錫話，客人講國語，「對門太太」講法語，輪船上更是嘈雜，她不知該怎麼說話。但是沒過多久，她聽了清一色的無錫話，很快也學會了說無錫話。

我在錢家過了一夜就帶著圓圓到我爸爸處去，見了爸爸和姐妹等。圓圓大約感覺到都是極親的人，她沒有「吼」，也沒喊「non non」。當時，錢家和我爸爸家都逃難避居上海孤島，居處都很逼仄。我和圓圓有時擠居錢家，有時擠居爸爸家。

鍾書到昆明西南聯大報到後，曾回上海省視父母，並送爹爹上船（由吳忠匡陪同前往藍田師院），順便取幾件需要的衣物。他沒有勾留幾天就匆匆回昆明去。

我有個姨表姐，家住上海霞飛路來德坊，她丈夫在內地工作。她得知我爸爸租的房子不合適，就把她住的三樓讓給我爸爸住，自己和婆婆妯娌同住二樓。她的媽媽（我的三姨媽）住在她家四樓。

我爸爸搬家後，就接我和圓圓過去同住。我這才有了一個安身之處。我跟著爸爸住在霞飛路來德坊，和錢家住的辣斐德路很近。我常常帶著圓圓，到錢家去「做媳婦」（我爸爸的話）。

我母校振華女中的校長因蘇州已淪陷，振華的許多學生都逃難避居上海，她抓我幫她在孤島籌建分校。同時，我由朋友介紹，爲廣東富商家一位小姐做家庭教師，教高中一年級的全部功課（包括中英文數理等——我從一年級教到三年級畢業）。我常常一早出門，飯後又出門，要到吃晚飯前才回家。

爸爸的家，由大姐姐當家。小妹妹楊必在工部局女中上高中，早出晚歸。家有女傭做飯、洗衣、收拾，另有個帶孩子的小阿姨帶圓圓。小阿姨沒找到之前，我爸爸自稱「奶公」，相當於奶媽。圓圓已成爲爸爸家的中心人物。我三姐姐、七妹妹經常帶著孩子到爸爸家聚會，大家都把圓圓稱作「圓圓頭」（愛稱）。

圓圓得人憐，因爲她乖，說得通道理，還管得住自己。她回到上海的冬天（一九三八年）出過疹子。一九三九年春天又得了痢疾，病後腸胃薄弱，一不小心就吃壞肚子。只要我告訴她什麼東西她不能吃，她就不吃。她能看著大家吃，一人乖乖地在旁邊玩，大家都習以爲常了。一次，我的闊學生送來大簍的白沙枇杷。吃白沙枇杷，入口消融，水又多，聽著看著都會覺得好吃。圓圓從沒吃過。可是我不敢讓她吃，只安排她一人在旁邊玩。忽見她過來扯扯我的衣角，眼邊掛著一滴小眼淚。吃的人都覺得慚愧了。誰能見了她那滴小眼淚不心疼她呢。

這年（一九三九年）暑假，鍾書由西南聯大回上海。辣斐德路錢家還擠得滿滿的。我爸爸叫我大姐姐和小妹妹睡在他的屋裏，騰出房間讓鍾書在來德坊過暑假。他住在爸爸這邊很開心。

我表姐的妯娌愛和婆婆吵架，每天下午就言來語去。我大姐姐聽到吵架，就命令我們把臥房的門關上，怕表姐面上不好看。可是鍾書耳朵特靈，門開一縫，就能聽到全部對話。婆媳都口角玲瓏，應對敏捷。鍾書聽到精彩處，忙到爸爸屋裏去學給他們聽。大家聽了非常欣賞，大姐姐竟解除了她的禁令。

鍾書雖然住在來德坊，他每晨第一事就是到辣斐德路去。當時，籌建中的振華分校將近開學。我的母校校長硬派我當校長，說是校董會的決定。她怕我不聽話，已請孟憲承先生到教育局立案。我只能勉爲其難，像爸爸形容的那樣「狗耕田」。開學前很忙，我不能陪鍾書到錢家去。

有一天，鍾書回來滿面愁容，說是爹爹來信，叫他到藍田去，當英文系主任，同時可以侍奉父親。我認爲清華這份工作不易得。他工作未滿一年，憑什麼也不該換工作。鍾書並不願意丟棄清華的工作。但是他媽媽、他叔父、他的弟弟妹妹等全都主張他去。他也覺得應當去。我卻覺得怎麼也不應當去，他該向家人講講不當去的道理。

我和鍾書在出國的輪船上曾吵過一架。原因只爲一個法文「bon」的讀音。我說他的口音帶鄉音。他不服，說了許多傷感情的話。我也盡力傷他。然後我請同船一位能說英語的法國夫人公斷。她說我對、他錯。我雖然贏了，卻覺得無趣，很不開心。鍾書輸了，當然也不開心。常言：「小夫妻船頭上相罵，船杪上講和。」我們覺得吵架很無聊，爭來爭去，改變不了讀音的定規。我們講定，以後不妨各持異議，不必求同。但此後幾年來，我們並沒有各持異議。遇事兩人一商量，就決定了，也不是全依他，也不是全依我。我們沒有爭吵的必要。可是這回我卻覺得應該爭執。

我等鍾書到了錢家去，就一一告訴爸爸，指望聽爸爸怎麼說。可是我爸爸聽了臉上漠無表情，一言不發。我是個乖女兒。爸爸的沉默啓我深思。我想，一個人的出處去就，是一輩子的大事，當由自己抉擇，我只能陳說我的道理，不該干預；尤其不該強他反抗父母。我記起我們夫婦早先制定的約，決計保留自己的見解，不勉強他。

我抽空陪鍾書同到辣斐德路去。一到那邊，我好像一頭撞入天羅地網，也好像孫猴兒站在如來佛手掌之上。他們一致沉默；而一致沉默的壓力，使鍾書沒有開口的餘地。我當然什麼也沒說，只是照例去「做媳婦」而已。可是我也看到了難堪的臉色，嘗到難堪的沉默。我對鍾書只有同情的份兒了。我接受爸爸無語的教導，沒給鍾書增加苦惱。

鍾書每天早上到辣斐德路去「辦公」——就是按照爹爹信上的安排辦事，有時還到老遠的地方找人。我曾陪過他一兩次。鍾書在九月中給西南聯大外文系主任葉公超先生寫了信，葉先生未有回答。十月初旬，他就和藍田師院的新同事結伴上路了。

鍾書剛離開上海，我就接到清華大學的電報，問鍾書爲什麼不回覆梅校長的電報。可是我們並未收到過梅校長的電報呀。鍾書這時正在路上，我只好把清華的電報轉寄藍田師院，也立即回覆了一個電報給清華，說明並未收到梅電（我的回電現還存在清華的檔案中）。他在路上走了三十四天之後，才收到我寄的信和轉的電報。他對梅校長深深感激，不僅發一個電報，還來第二個電報問他何以不覆。他自己無限抱愧，清華破格任用他，他卻有始無終，任職不滿一年就離開了。他實在是萬不得已。偏偏他早走了一天，偏偏電報晚到一天。造化弄人，使他十分懊惱。

兩年以後，陳福田遲遲不發聘書，我們不免又想起那個遺失的電報。電報會遺失嗎？好像從來沒有這等事。我們對這個遺失的電報深有興趣。如果電報不是遺失，那麼，第二個電報就大有文章。可惜那時候《吳宓日記》尚未出版。不過我們的料想也不錯。陳福田拖延到十月前後親來聘請時，鍾書一口就辭謝了。陳未有一語挽留。

我曾問鍾書：「你得罪過葉先生嗎？」他細細思索，斬絕地說：「我沒有。」他對幾位恩師的崇拜，把我都感染了。他就像我朋友蔣恩鈿帶我看清華圖書館一樣地自幸又自豪。可是鍾書「辭職別就」——到藍田去做系主任，確實得罪了葉先生。葉先生到上海遇見袁同禮，葉先生說：「錢鍾書這麼個驕傲的人，肯在你手下做事啊？」有美籍友人胡志德向葉先生問及錢鍾書，葉先生說：「不記得有這麼個人」；後來又說：「他是我一手教出來的學生。」葉先生顯然對錢鍾書有氣。但他生錢鍾書的氣，完全在情理之中。鍾書放棄清華而跳槽到師院去當系主任，會使葉先生誤以爲鍾書驕傲，不屑在他手下工作。

我根據清華大學存檔的書信，寫過一篇〈錢鍾書離開西南聯大的實情〉。這裏寫的實情更加親切，也更能說明鍾書信上的「難言之隱」。

鍾書離上海赴藍田時，我對他說，你這次生日，大約在路上了，我只好在家裏爲你吃一碗生日麵了。鍾書半路上作詩〈耒陽曉發是余三十初度〉，他把生日記錯了，我原先的估計也錯了。他的生日，無論按陽曆或陰曆，都在到達藍田之後。「耒陽曉發」不知是哪一天，反正不是生日。

鍾書一路上「萬苦千辛」，走了三十四天到達師院。他不過是聽從嚴命。其實，「嚴命」的骨子裏是「慈命」。爹爹是非常慈愛的父親。他是傳統家長，照例總擺出一副嚴父的架式訓斥兒子。這回他已和兒子闊別三年，鍾書雖曾由昆明趕回上海親送爹爹上船，只匆匆見得幾面。他該是想和兒子親近一番，要把他留在身邊。「侍奉」云云只是說說而已，因爲他的學生兼助手吳忠匡一直侍奉著他。吳忠匡平時睡在老師後房，侍奉得很周到。爹爹不是沒人侍奉。

爹爹最寵的不是鍾書，而是最小的兒子。無錫鄉諺「天下爺娘護小兒」。鍾書是長子；對長子，往往責望多於寵愛。鍾書自小和嗣父最親。嗣父他稱伯伯。伯伯好比是他的慈母而爹爹是他的嚴父。鍾書虛歲十一，伯伯就去世了。我婆婆一輩子謹慎，從不任情，長子既已嗣出，她決不敢攔出來當慈母。奶媽（「癡姆媽」）只把「大阿官」帶了一年多就帶鍾書的二弟和三弟，她雖然最疼大阿官，她究竟只是一個「癡姆媽」。作嗣母的，對孩子只能疼，不能管，而孩子也不會和她親。鍾書自小缺少一位慈母，這對於他的性情和習慣都深有影響。

鍾書到了藍田，經常親自爲爹爹燉雞，他在國外學會了這一手。有同事在我公公前誇他兒子孝順。我公公說：「這是口體之養，不是養志。」那位先生說：「我倒寧願口體之養。」可是爹爹總責怪兒子不能「養志」。鍾書寫信把這話告訴我，想必是心上委屈。

爹爹是頭等大好人，但是他對人情世故遠不如小叔叔精明練達。他對眼皮下的事都完全隔膜。例如他好吹詡「兒子都不抽香煙」。不抽煙的只鍾書一個，鍾書的兩個弟弟都抽。他們見了父親就把手裏的煙捲往衣袋裏藏，衣服都燒出窟窿來。爹爹全不知曉。

他關心國是，卻又天眞得不識時務。他爲國民黨人辦的刊物寫文章，談《孫子兵法》，指出蔣介石不懂兵法而毛澤東懂得孫子兵法，所以蔣介石敵不過毛澤東。他寫好了文章，命吳忠匡掛號付郵。

吳忠匡覺得「老夫子」的文章會闖禍，急忙找「小夫子」商量。鍾書不敢諍諫，諍諫只會激起反作用。他和吳忠匡就把文章裏臧否人物的都刪掉，僅留下兵法部分。文章照登了。爹爹發現文章刪節得所餘無幾，不大高興，可是他以爲是編輯刪的，也就沒什麼說的。

鍾書和我不在一處生活的時候，給我寫信很勤，還特地爲我記下詳細的日記，所以，他那邊的事我大致都知道。

六

這次鍾書到藍田去，圓圓並未發呆。假期中他們倆雖然每晚一起玩，「貓鼠共跳踉」，圓圓好像已經忘了渡船上漸去漸遠漸漸消失的爸爸。鍾書雖然一路上想念女兒，女兒好像還不懂得想念。

她已經會自己爬樓梯上四樓了。四樓上的三姨和我們很親，我們經常上樓看望她。表姐的女兒每天上四樓讀書。她比圓圓大兩歲，讀上下兩冊《看圖識字》。三姨屋裏有一只小桌子，兩只小椅子。兩個孩子在桌子兩對面坐著，一個讀，一個旁聽。那座樓梯很寬，也平坦。圓圓一會兒上樓到三姨婆家去旁聽小表姐讀書，一會兒下樓和外公作伴。

我看圓圓這麼羨慕《看圖識字》，就也爲她買了兩冊。那天我晚飯前回家，大姐三姐和兩個妹妹都在笑，叫我「快來看圓圓頭念書」。她們把我爲圓圓買的新書給圓圓念。圓圓立即把書倒過來，從頭念到底，一字不錯。她們最初以爲圓圓是聽熟了背的。後來大姐姐忽然明白了，圓圓每天坐在她小表姐對面旁聽，她認的全是顛倒的字。那時圓圓整兩歲半。我爸爸不贊成太小的孩子識字，她識了顛倒的字，慢慢地自會忘記。可是大姐姐認爲應當糾正，特地買了一匣方塊字教她。

我大姐最嚴，不許當著孩子的面稱讚孩子。但是她自己教圓圓，就把自己的戒律忘了。她叫我「來看圓圓頭識字」。她把四個方塊字嵌在一塊銅片上，叫聲「圓圓頭，來識字」。圓圓已能很自在地行走，一個小人兒在地下走，顯得房間很大。她走路的姿態特像鍾書。她走過去聽大姨教了一遍，就走開了，並不重複讀一遍。大姐姐完全忘了自己的戒律，對我說：「她只看一眼就認識了，不用溫習，全記得。」

我二姐比大姐小四歲，媽媽教大姐方塊字，二姐坐在媽媽懷裏，大姐識的字她全認得。爸爸在外地工作，回家得知，急得怪媽媽胡鬧，把孩子都教笨了。媽媽說，沒教她，她自己認識的。爸爸看了圓圓識字，想是記起了他最寶貝的二姐。爸爸對我說：「『過目不忘』是有的。」

抗日戰爭結束後，我家僱用一個小阿姨名阿菊。她媽媽也在上海幫傭，因換了人家，改了地址，特寫個明信片告訴女兒。我叫阿菊千萬別丟失明信片，丟了就找不到媽媽了。阿菊把明信片藏在枕頭底下，結果丟失了。她急得要哭，我幫她追憶藏明信片處。圓圓在旁靜靜地說：「我好像看見過，讓我想想。」我們等她說出明信片在哪裏，她卻背出一個地名來——相當長，什麼路和什麼路口，德馨里八號。我待信不信。姑妄聽之，照這個地址寄了信。圓圓記的果然一字不錯。她那時八歲多。我爸爸已去世，但我記起了他的話：「過目不忘是有的。」

所以爸爸對圓圓頭特別寵愛。我們姐妹兄弟，沒一個和爸爸一床睡過。以前爸爸的床還大得很呢。逃難上海期間，爸爸的床只比小床略寬。午睡時圓圓總和外公睡一床。爸爸珍藏一個用台灣席子包成的小耳枕。那是媽媽自出心裁特爲爸爸做的，中間有個窟窿放耳朵。爸爸把寶貝枕頭給圓圓枕著睡在腳頭。

我家有一部《童謠大觀》，四冊合訂一本（原是三姑母給我和弟弟妹妹各一冊）。不知怎麼這本書會流到上海，大概是三姐姐帶來教她女兒的。當時這本書屬於小妹妹阿必。

我整天在「狗耕田」並做家庭教師。臨睡有閒暇就和大姐姐小妹妹教圓圓唱童謠。圓圓能背很多。我免得她脫漏字句，叫她用手指點著書背。書上的字相當大，圓圓的小嫩指頭一字字點著，恰好合適。沒想到她由此認了不少字。

大姐姐教圓圓識字，對她千依百順。圓圓不是識完一包再識一包，她要求拆開一包又拆一包，她自己從中挑出認識的字來。顚倒的字她都已經顚倒過來了。她認識的字往往出乎大姐姐意料之外。一次她挑出一個「瞅」字，還拿了《童謠大觀》，翻出「嫂嫂出來瞅一瞅」，點著說：「就是這個『瞅』。」她翻書翻得很快，用兩個指頭摘著書頁，和鍾書翻書一個式樣。她什麼時候學來的呀？鍾書在來德坊度假沒時間翻書，也無書可翻，只好讀讀字典。圓圓翻書像她爸爸，使我很驚奇也覺得很有趣。

辣斐德路錢家住的是沿街房子，後面有一大片同樣的樓房，住戶由弄堂出入。我大姐有個好友租居弄堂裏的五號，房主是她表妹，就是由我父親幫打官司，承繼了一千畝良田的財主。她偶有事會來找我大姐。

一九四〇年的暑假裏，一個星期日下午，三姐也在爸爸這邊。爸爸和我們姐妹都在我們臥室裏說著話。忽然來了一位怪客。她的打扮就和《圍城》裏的鮑小姐一個模樣。她比《圍城》電視劇裏的鮑小姐個兒高，上身穿個胸罩，外加一個透明的蜜黃色蕾絲紗小坎肩，一條緊身三角褲，下面兩條健碩肥白的長腿，腳穿白涼鞋，露出十個鮮紅的腳趾甲，和嘴上塗的口紅是一個顏色，手裏拿著一只寬邊大草帽。她就是那位大財主。

我爸爸看見這般怪模樣，忍著笑，虎著臉，立即抽身到自己屋裏去了。阿必也忍不住要笑，跟腳也隨著爸爸過去。我陪大姐姐和三姐泡茶招待來客。我坐在桌子這面，客人坐在我對面，圓圓在旁玩。圓圓對這位客人大有興趣，搬過她的小凳子，放在客人座前，自己坐上小凳，面對客人，仰頭把客人仔細端詳。這下子激得我三姐忍笑不住，毫不客氣地站起身就往我爸爸屋裏逃。我只好裝作若無其事，過去把圓圓抱在懷裏，回坐原處，陪著大姐姐待客。

客人走了，我們姐妹一起洗茶杯上的口紅印，倒碟子裏帶有一圈口紅印的香煙頭（女傭星期日休假）。我們說「爸爸太不客氣了」。我也怪三姐不忍耐著點兒。可是我們都笑得很樂，因爲從沒見過這等打扮。我家人都愛笑。我們把那位怪客稱爲「精赤人人」（無錫話，指赤條條一絲不掛的人）。

過不多久，我帶了圓圓到辣斐德路「做媳婦」去——就是帶些孝敬婆婆的東西，過去看望一下，和妯娌、小姑子說說話。錢家人正在談論當時沸沸揚揚的鄰居醜聞：「昨夜五號裏少奶奶的丈夫捉姦，捉了一雙去，都捉走了。」我知道五號的少奶奶是誰。我只聽著，沒說什麼。我婆婆抱著她的寶貝孫子。他當時是錢家的「小皇帝」，很會鬧。阿圓比他大一歲，乖乖地坐在我膝上，一聲不響。我坐了一會，告辭回來德坊。

我抱著圓圓出門，她要求下地走。我把她放下地，她對我說：「娘，五號裏的少奶奶就是『精赤人人』。」這個我知道。但是圓圓怎會知道呢？我問她怎麼知道的。她還小，才三歲，不會解釋，只會使勁點頭說：「是的。是的。」幾十年後，我舊事重提，問她怎麼知道五號裏的少奶奶就是「精赤人人」。她說：「我看見她攙著個女兒在弄堂口往裏走。」

圓圓觀察細微，她歸納的結論往往有意想不到的正確。「精赤人人」確有個女兒，但是我從未見過她帶著女兒。鍾書喜歡「格物致知」。從前我們一同「探險」的時候，他常發揮「格物致知」的本領而有所發現。圓圓搬個小凳子坐在怪客面前細細端詳，大概也在「格物致知」，認出這女人就是曾在弄堂口帶著個女兒的人。我爸爸常說，圓圓頭一雙眼睛，什麼都看見。但是她在錢家，乖乖地坐在我膝上，一聲不響，好像什麼都不懂似的。

這年一九四〇年秋杪，我弟弟在維也納醫科大學學成回國，圓圓又多了一個寵愛她的舅舅。弟弟住在我爸爸屋裏。

鍾書暑假前來信說，他暑假將回上海。我公公原先說，一年後和鍾書同回上海，可是他一年後並不想回上海。鍾書是和徐燕謀先生結伴同行的，但路途不通，走到半路又折回藍田。

我知道弟弟即將回家，鍾書不能再在來德坊度假，就在辣斐德路弄堂裏租得一間房。圓圓將隨媽媽搬出外公家。外公和挨在身邊的圓圓說：「搬出去，沒有外公疼了。」圓圓聽了大哭。她站在外公座旁，落下大滴大滴熱淚，把外公麻紗褲的膝蓋全浸透在熱淚裏。當時我不在場，據大姐姐說，不易落淚的爸爸，給圓圓頭哭得也落淚了。鍾書回家不成，我們搬出去住了一個月，就退了房子，重返來德坊。我們母女在我爸爸身邊又過了一年。我已記不清「精赤人人」到來德坊，是在我們搬出之前，還是搬回以後。大概是搬回之後。

圓圓識了許多字，我常爲她買帶插圖的小兒書。她讀得很快，小書不經讀，我特爲她選挑長的故事。一次我買了一套三冊《苦兒流浪記》。圓圓才看了開頭，就傷心痛哭。我說這是故事，到結尾苦兒便不流浪了。我怎麼說也沒用。她看到那三本書就痛哭，一大滴熱淚掉在凳上足有五分錢的鎳幣那麼大。

她晚上盼媽媽跟她玩，看到我還要改大疊課卷（因爲我兼任高三的英文教師），就含著一滴小眼淚，伸出個嫩拳頭，作勢打課卷。這已經夠我心疼的。《苦兒流浪記》害她這麼傷心痛哭，我覺得自己簡直在虐待她了。我只好把書藏過，爲她另買新書。

我平常看書，看到可笑處並不笑，看到可悲處也不哭。鍾書看到書上可笑處，就癡笑個不了，可是我沒見到他看書流淚。圓圓看書痛哭，該是像爸爸，不過她還是個軟心腸的小孩子呢。多年後，她已是大學教授，卻來告訴我這個故事的原作者是誰，譯者是誰，苦兒的流浪如何結束等等，她大概一直關懷著這個苦兒。

七

一九四一年暑假，鍾書由陸路改乘輪船，輾轉回到上海。當時辣斐德路錢家的人口還在增加。一年前，我曾在辣斐德路弄堂裏租到一間房，住了一個月，退了。這回，卻哪裏也找不到房子，只好擠居錢家樓下客堂裏。我和圓圓在鍾書到達之前，已在辣斐德路住下等他。

鍾書面目黧黑，頭髮也太長了，穿一件夏布長衫，式樣很土，布也很粗。他從船上爲女兒帶回一只外國橘子。圓圓見過了爸爸，很好奇地站在一邊觀看。她接過橘子，就轉交媽媽，只注目看著這個陌生人。兩年不見，她好像已經不認識了。她看見爸爸帶回的行李放在媽媽床邊，很不放心，猜疑地監視著。晚飯後，圓圓對爸爸發話了。

「這是我的媽媽，你的媽媽在那邊。」她要趕爸爸走。

鍾書很窩囊地笑說：「我倒問問你，是我先認識你媽媽，還是你先認識？」

「自然我先認識，我一生出來就認識，你是長大了認識的。」這是圓圓的原話，我只把無錫話改爲國語。我當時非常驚奇，所以把她的話一字字記住了。

鍾書悄悄地在她耳邊說了一句話。圓圓立即感化了似地和爸爸非常友好，媽媽都退居第二了。圓圓始終和爸爸最「哥們」。鍾書說的什麼話，我當時沒問，以後也沒想到問，現在已沒人可問。他是否說「你一生出來，我就認識你」？是否說「你是我的女兒」？是否說「我是你的爸爸」？我們三個人中間，我是最笨的一個。鍾書究竟說了什麼話，一下子就贏得了女兒的友情，我猜不出來，只好存疑，只好永遠是個謎了。反正他們兩個立即成了好朋友。

她和爸爸一起玩笑，一起淘氣，一起吵鬧。從前，圓圓在辣斐德路乖得出奇，自從爸爸回來，圓圓不乖了，和爸爸沒大沒小地玩鬧，簡直變了個樣兒。她那時虛歲五歲，實足年齡是四歲零兩三個月。她向來只有人疼她，有人管她、教她，卻從來沒有一個一同淘氣玩耍的伴兒。

圓圓去世，六十歲還欠兩個多月。去世前一二個月，她躺在病床上還在寫《我們仨》。第一節就是〈爸爸逗我玩〉。現在，我把她的記事，附在卷末。

鍾書這次回上海，只準備度個暑假。他已獲悉清華決議聘他回校。消息也許是吳宓老師傳的。所以鍾書已辭去藍田的職務，準備再回西南聯大。《槐聚詩存》一九四一年有〈又將入滇愴念若渠〉一詩。據清華大學檔案，一九四一年三月四日，確有聘請錢鍾書回校的紀錄。據《吳宓日記》，系裏通過決議，請鍾書回校任教是一九四〇年十一月六日的事，《日記》上說，「忌之者明示反對，但卒通過。」（《吳宓日記》Ⅶ，二五八頁）。鍾書並不知道有「忌之者明示反對」，也不知道當時的系主任是陳福田。

陳福田是華僑，對祖國文化欠根底，鍾書在校時，他不過是外文系的一位教師，遠不是什麼主任。鍾書從不稱陳福田先生或陳福田，只稱F. T.。他和F. T.從無交往。

鍾書滿以爲不日就會收到清華的聘約。「他癡漢等婆娘」似地一等再等，清華杳無消息。鍾書的二弟已攜帶妻子兒女到外地就職，鍾書的妹妹已到爹爹身邊去，鍾書還在等待清華的聘書。

我問鍾書：是不是弄錯了，清華並沒有聘你回校。看樣子他是錯了。鍾書躊躇說，袁同禮曾和他有約，如不便入內地，可到中央圖書館任職。我不知鍾書是否給袁同禮去過信。鍾書後來曾告訴我，葉先生對袁同禮說他驕傲，但我也不知有何根據。反正清華和袁同禮都杳無音信。

快開學了，鍾書覺得兩處落空，有失業的危險。他的好友陳麟瑞當時任暨南大學英文系主任，鍾書就向陳麟瑞求職。陳說：「正好，系裏都對孫大雨不滿，你來就頂了他。」鍾書只聞孫大雨之名，並不相識。但是他決不肯奪取別人的職位，所以一口拒絕了。他接受了我爸爸讓給他的震旦女校兩個鐘點的課。

聯大開學以後，陳福田先生有事來上海。他以清華大學外文系主任的身分，親來聘請錢鍾書回校。清華既已決定聘錢鍾書回校，聘書早該寄出了。遲遲不發，顯然是不歡迎他。既然不受歡迎，何苦挨上去自討沒趣呢？鍾書這一輩子受到的排擠不算少，他從不和對方爭執，總乖乖地退讓。他客客氣氣地辭謝了聘請，陳福田完成任務就走了，他們沒談幾句話。

我們擠居辣斐德路錢家，一住就是八年。

爹爹經常有家信，信總是寫給小兒子的，每信必誇他「持家奉母」。自從鍾書回上海，「持家奉母」之外又多了「扶兄」二字。鍾書又何需弟弟「扶」呢。爹爹既這麼說，他也就認了。他肯委屈，能忍耐。圓圓也肯委屈，能忍耐。我覺得他們都像我婆婆。

我那時已為闊小姐補習到高中畢業，把她介紹給我認識的一位大學助教了。珍珠港事變後，孤島已沉沒，振華分校也解散了。我接了另一個工作，做工部局半日小學的代課教師，薪水不薄，每月還有三斗白米，只是校址離家很遠，我飯後趕去上課，睏得在公交車上直打盹兒。我業餘編寫劇本。《稱心如意》上演，我還在做小學教師呢。

鍾書和震旦女子文理學院的負責人「方凳媽媽」（Mother Thornton）見面之後，校方立即為他增加了幾個鐘點。他隨後收了一名拜門的學生，束脩總隨著物價一起上漲。淪陷區生活艱苦，但我們總能自給自足。能自給自足，就是勝利。鍾書雖然遭厄運播弄，卻覺得一家人同甘共苦，勝於別離。他發願說：「從今以後，咱們只有死別，不再生離。」

鍾書的妹妹到了爹爹身邊之後，記不起是哪年，大約是一九四四年，鍾書的二弟當時攜家住漢口，來信報告母親，說爹爹已將妹妹許配他的學生某某，但妹妹不願意，常在河邊獨自徘徊，怕是有輕生之想。（二弟家住處和爹爹住處僅一江之隔，來往極便。）我婆婆最疼的是小兒小女。一般傳統家庭，重男輕女。但錢家兒子極多而女兒極少，女兒都是非常寶貝的。據二弟來信，爹爹選擇的人並不合適。那人是一位講師，曾和鍾書同事。鍾書站在妹妹的立場上，妹妹不願意，就是不合適。我婆婆只因爲他是外地人，就認爲不合適。鍾書的三弟已攜帶妻子兒女遷居蘇州。三弟往來於蘇州上海之間，這時不在上海。

我婆婆囑鍾書寫信勸阻這門親事。叔父同情我的婆婆，也寫信勸阻。他信上極爲開明，說家裏一對對小夫妻都愛吵架，惟獨我們夫婦不吵，可見婚姻還是自由的好。鍾書代母親委婉陳詞，說生平只此一女，不願她嫁外地人，希望爹爹再加考慮。鍾書私下又給妹妹寫信給她打氣，叫她抗拒。不料妹妹不敢自己違抗父親，就拿出哥哥的信來，代她說話。

爹爹見信很惱火。他一意要爲女兒選個好女婿，看中了這位品學兼優的講師，認爲在他培育下必能成才；女兒嫁個書生，「粗茶淡飯足矣」，外地人又怎的？我記不清他回信是一封還是兩封，只記得信上說，儲安平（當時在師院任職）是自由結婚的，直在鬧離婚呢！又譏誚說，現在做父母的，要等待子女來教育了！（這是針對鍾書煽動妹妹違抗的話。）爹爹和鍾書的信，都是文言的絕妙好辭，可惜我只能撮述，不免欠缺文采。不過我對各方的情緒都稍能了解。

四嬸嬸最有幽默，笑彎了眼睛私下對我說：「乖的沒事，憨的又討罵了。」——「乖的」

指養志的弟弟（但他當時不在上海），「憨的」指鍾書。其實連「乖的」叔叔也「挨呲兒」了，連累我也「挨呲兒」了。

鍾書的妹妹乖乖地於一九四五年八月結了婚。我婆婆解放前夕到了我公公處，就一直和女兒女婿同住。鍾書的妹妹生了兩個聰明美麗的女兒，還有兩個小兒小女我未見過。爹爹一手操辦的婚姻該算美滿，不過這是後話了。

其實，鍾書是爹爹最器重的兒子。愛之深則責之嚴，但嚴父的架式掩不沒慈父的眞情。鍾書雖然從小怕爹爹，父子之情還是很誠摯的。他很尊重爹爹，也很憐惜他。

他私下告訴我：「爹爹因唔娘多病體弱，而七年間生了四個孩子，他就不回內寢，無日無夜在外書房工作，倦了倒在躺椅裏歇歇。江浙戰爭，亂軍搶劫無錫，爺爺的產業遭劫，爺爺欠下一大筆債款。這一大筆債，都是爹爹獨力償還的。」

我問：「小叔叔呢？」

鍾書說：「小叔叔不相干，爹爹是負責人。等到這一大筆債還清，爹爹已勞累得一身是病了。」

我曾聽到我公公喊「啊唷哇啦！」以爲碰傷了哪裏。鍾書說，不是喊痛，是他的習慣語，因爲他多年渾身疼痛，不痛也喊「啊唷哇啦」。

爹爹對鍾書的訓誡，只是好文章，對鍾書無大補益。鍾書對爹爹的「志」，並不完全贊同，卻也了解。爹爹對鍾書的「志」並不了解，也不讚許。他們父慈子孝，但父子倆的志趣並不接軌。

鍾書的堂弟鍾韓和鍾書是好兄弟，親密勝於親兄弟。一次，鍾韓在我們三里河寓所說過一句非常中肯的話。他說，「其實啊，倒是我最像三伯伯。」我們都覺得他說得對極了，他是我公公理想的兒子。

八

我們淪陷上海，最艱苦的日子在珍珠港事變之後，抗日勝利之前。鍾書除了在教會大學教課，又增添了兩名拜門學生（三家一姓周、一姓錢、一姓方）。但我們的生活還是愈來愈艱苦。只說柴和米，就大非易事。

日本人分配給市民吃的麵粉是黑的，篩去雜質，還是麩皮居半；分配的米，只是粞，中間還雜有白的、黃的、黑的沙子。黑沙子還容易挑出來，黃白沙子，雜在粞裏，只好用鑷子挑揀。聽到沿街有賣米的，不論多貴，也得趕緊買。當時上海流行的歌：

糞車是我們的報曉雞，
多少的聲音都從它起，
前門叫賣菜，
後門叫賣米。

隨就接上一句叫賣聲：「大米要嗎？」（讀如：「杜米要哦？」）大米不嫌多。因爲吃糲不能過活。

但大米不能生吃，而煤廠總推沒貨。好容易有煤球了，要求送三百斤，只肯送二百斤。我們的竹篾子煤筐裏也只能盛二百斤。有時煤球裏摻和的泥太多，燒不著；有時煤球裏摻和的煤灰多，太鬆，一著就過。如有賣木柴的，賣鋼炭的，都不能錯過。有一次煤廠送了三百斤煤末子，我視爲至寶。煤末子是純煤，比煤球佔地少，摻上煤灰，可以自製相當四五百斤煤球的煤餅子。煤爐得搪得腰身細細的，省煤。燒木柴得自製「行灶」，還得把粗大的木柴劈細，敲斷。燒炭另有炭爐。煤油和煤油爐也是必備的東西。各種燃料對付著使用。我在小學代課，我寫劇本，都是爲了柴和米。

鍾書的二弟、三弟已先後離開上海，鍾書留在上海沒個可以維持生活的職業，還得依仗幾個拜門學生的束脩，他顯然最沒出息。

有一個夏天，有人送來一擔西瓜。我們認為決不是送我們的，讓堂弟們都搬上三樓。一會兒鍾書的學生打來電話，問西瓜送到沒有。堂弟們忙又把西瓜搬下來。圓圓大為驚奇。這麼大的瓜！又這麼多！從前家裏買西瓜，每買必兩擔三擔。這種日子，圓圓沒有見過。她看爸爸把西瓜分送了樓上，自己還留下許多，佩服得不得了。晚上她一本正經對爸爸說：「爸爸，這許多西瓜，都是你的！——我呢，是你的女兒。」顯然她是覺得「與有榮焉」！她的自豪逗得我們大笑。可憐的鍾書，居然還有女兒為他自豪。

圓圓的腸胃可以吃西瓜，還有許多別的東西我也讓她吃了。鍾書愛逗她，惹她，欺她，每次有吃的東西，總說：「Baby no eat.」她漸漸聽懂了，總留心看媽媽的臉色。一次爸爸說了「Baby no eat.」，她看著媽媽的臉，迸出了她自造的第一句英語：「Baby yes eat!」她那時約六歲。

勝利前，謠傳美軍將對上海「地毯式」轟炸，逃難避居上海的人紛紛逃離上海。我父親於一九四四年早春，帶了我大姐以及三姐和姐夫全家老少回蘇州廟堂巷老家。

這年暑假，我七妹妹和妹夫攜帶兩個兒子到蘇州老家過暑假。我事忙不能脫身，讓圓圓跟他們一家同到外公家去。那時圓圓七周歲，在外公家和兩個表姐、四個表弟結伴。我老家的後園已經荒蕪，一群孩子在荒園裏「踢天弄井」，只圓圓斯文。別人爬樹，她不敢，站在樹下看著。我小時特別淘氣，爬樹、上屋都很大膽；圓圓生性安靜，手腳不麻利，很像鍾書自稱的「拙手笨腳」。

蘇州老家的電線年久失修，電廠已不供電，晚上只好用洋油燈。一群孩子到天黑了都怕鬼，不敢在黑地裏行動。圓圓卻不知怕懼，表姐表弟都需她保鏢。她這來也頗有父風。我是最怕鬼的，鍾書從小不懂得怕鬼。他和鍾韓早年住無錫留芳聲巷，那所房子有凶宅之稱。鍾韓怕鬼，鍾書嚇他「鬼來了！」鍾韓嚇得大叫「啊——!!」又叫又逃，鍾書大樂。他講給我聽還洋洋得意。

有一次，我三姐和七妹帶一群孩子到觀前街玄妙觀去玩。忽然圓圓不見了。三姐急得把他們一群人「兵分三路」，分頭尋找。居然在玄妙觀大殿內找到了她，她正跟著一個道士往大殿裏走。道士並沒有招她，是她盯著道士「格物致知」呢。她看見道士頭髮綰在頭頂上，以爲是個老太婆；可是老太婆又滿面鬍鬚，這不就比「精赤人人」更奇怪了嗎？她就呆呆地和家人失散了。

姐姐妹妹都怪我老把圓圓抱著攙著，護得孩子失去了機靈。這點我完全承認。我和圓圓走在路上，一定攙著手；上了電車，總讓她坐在我身上。圓圓已三四歲了，總說沒坐過電車，我以爲她不懂事。一次我抱她上了電車，坐下了，我說：「這不是電車嗎？」她坐在我身上，勾著我脖子在我耳邊悄悄地央求：「屁股坐。」她要自己貼身坐在車座上，那樣才是坐電車。我這才明白她爲什麼從沒坐過電車。

圓圓在蘇州的一樁樁表現，都帶三分呆氣，都不像我而像鍾書。

圓圓這次離開蘇州回到上海，就沒有再見外公。我爸爸於一九四五年三月底在蘇州去世，抗日戰爭尚未結束。

這時期，鍾書經常來往的朋友，同輩有陳麟瑞（石華父）、陳西禾、李健吾、柯靈、傅雷、親如兄長的徐燕謀、詩友冒效魯等。老一輩賞識他的有徐森玉（鴻寶）、李拔可（宣龔）、鄭振鐸、李玄伯等，比他年輕的朋友有鄭朝宗、王辛迪、宋悌芬、許國璋等。李拔可、鄭振鐸、傅雷、宋悌芬、王辛迪幾位，經常在家裏宴請朋友相聚。那時候，和朋友相聚吃飯不僅是賞心樂事，也是口體的享受。

貧與病總是相連的。鍾書在這段時期，每年生一場病。圓圓上學一個月，就休學幾個月，小學共六年，她從未上足一個學期的課。勝利之後，一九四七年冬，她右手食指骨節腫大，查出是骨結核。當時還沒有對症的藥。這種病，中醫稱「流住」或「穿骨流住」，據醫書：「發在骨節或骨空處，難痊。」大夫和我談病情，圓圓都聽懂了，回家掛著一滴小眼淚說：「我要害死你們了。」我忙安慰她說：「你挑了好時候，現在不怕生病了。你只要好好地休息補養，就會好的。」大夫固定了指頭的幾個骨節，叫孩子在床上休息，不下床，服維生素A、D，吃補養的食品。十個月後，病完全好了。大夫對我說，這是運氣。孩子得了這種病，往往轉到腳部，又轉到頭部，孩子就夭折了。圓圓病癒，胖大了一圈。我睡裏夢裏都壓在心上的一塊大石頭，終於落地。可是我自己也病了，天天發低燒，每月體重減一磅，查不出病因。鍾書很焦慮。一九四九年我們接受清華聘約時，他說：「換換空氣吧，也許換了地方，你的病就好了。」果然，我到清華一年之後，低燒就沒有了。

九

一九四八年夏，鍾書的爺爺百歲冥壽，分散各地的一家人，都回無錫老家聚會。這時鍾書、圓圓都不生病了，我心情愉快，隨上海錢家人一起回到七尺場老家。

我結婚後只在那裏住過十天上下。這次再去，那間房子堆滿了爛東西，都走不進人了。我房間裏原先的家具：大床、鏡台、書桌等，早給人全部賣掉了。我們夫婦和女兒在七尺場錢家只住了一夜，住在小叔叔新蓋的樓上。

這次家人相聚，我公公意外發現了他從未放在心上的「女孫健汝」，得意非凡。他偶在一間廂房裏的床上睡著了（他睡覺向來不分日夜）。醒來看見一個女孩子在他腳頭，爲他掖掖夾被，蓋上腳，然後坐著看書。滿地都是書。院子裏一群孩子都在吵吵鬧鬧地玩，這女孩子卻在靜靜地看書。我公公就問她是誰。圓圓自報了名字。她在錢家是健汝，但我們仍叫她阿圓，我不知她是怎樣報名的。她那時候十一周歲，已讀過《西遊記》、《水滸》等小說，正在爸爸的引誘、媽媽的教導下讀文言的林譯小說。她和鍾書有同樣的習性，到哪裏，就找書看。她找到一小櫃《少年》。這種雜誌她讀來已嫌不夠味兒，所以一本本都翻遍了，滿地是書。

我公公考問了她讀的《少年》，又考考她別方面的學問，大爲驚奇，好像哥倫布發現了新大陸，認定她是「吾家讀書種子也」！從此健汝躍居心上第一位。他曾對鍾書的二弟、三弟說：他們的這個那個兒子，資質屬某等某等，「吾家讀書種子，唯健汝一人耳」。爹爹說話，從不理會對方是否悅耳。這是他說話、寫信、作文的一貫作風。

自從一九四五年抗戰勝利，鍾書辭去了震旦女子文理學院的幾個小時課，任中央圖書館英文總纂，編《書林季刊》（*Philobiblon*）；後又兼任暨南大學教授，又兼英國文化委員會

（British Council）顧問。《圍城》出版後，朋友中又增添了《圍城》愛好者。我們的交遊面擴大了，社交活動也很頻繁。

我們淪陷上海期間，飽經憂患，也見到世態炎涼。我們夫婦常把日常的感受，當作美酒般淺斟低酌，細細品嘗。這種滋味值得品嘗。因爲憂患孕育智慧。鍾書曾說：「一個人二十不狂沒志氣，三十猶狂是無識妄人。」他是引用桐城先輩語：「子弟二十不狂沒出息，三十猶狂沒出息」；也是「夫子自道」。

勝利後我們接觸到各式各等的人。每次宴會歸來，我們總有許多講究，種種探索。我們把所見所聞，剖析琢磨，「讀通」許多人、許多事，長了不少學問。

朱家驊曾是中央庚款留英公費考試的考官，很賞識錢鍾書，常邀請鍾書到他家便飯——沒有外客的便飯。一次朱家驊許他一個聯合國教科文的什麼職位，鍾書立即辭謝了。我問鍾書：「聯合國的職位爲什麼不要？」他說：「那是胡蘿蔔！」當時我不懂「胡蘿蔔」與「大棒」相連。壓根兒不吃「胡蘿蔔」，就不受大棒驅使。

鍾書每月要到南京匯報工作，早車去，晚上老晚回家。一次他老早就回來了，我喜出望外。他說：「今天晚宴，要和『極峰』（蔣介石）握手，我趁早溜回來了。」

勝利的歡欣很短暫，接下是普遍的失望，接下是謠言滿天飛，人心惶惶。

鍾書的第一個拜門弟子常請老師爲他買書。不論什麼書，全由老師選擇。其實，這是無限止地供老師肆意買書。書上都有鍾書寫的「借癡齋藏書」並蓋有「借癡齋」圖章；因爲學生並不讀，專供老師借閱的，不是「借癡」嗎！鍾書蟄居上海期間，買書是他的莫大享受。新書、舊書他買了不少。「文化大革命」中書籍流散，曾有人買到「借癡齋」的書，寄還給鍾書。也許上海舊書攤上，還會發現「借癡齋藏書」。藏書中，也包括寫蘇聯鐵幕後面的書。我們的閱讀面很廣。所以「人心惶惶」時，我們並不惶惶然。

鄭振鐸先生、吳晗同志，都曾勸我們安心等待解放，共產黨是重視知識分子的。但我們也明白，對國家有用的是科學家，我們卻是沒用的知識分子。

我們如要逃跑，不是無路可走。可是一個人在緊要關頭，決定他何去何從的，也許總是他最基本的感情。我們從來不唱愛國調。非但不唱，還不愛聽。但我們不願逃跑，只是不願去父母之邦，撇不開自家人。我國是國恥重重的弱國，跑出去仰人鼻息，做二等公民，我們不願意。我們是文化人，愛祖國的文化，愛祖國的文字，愛祖國的語言。一句話，我們是倔強的中國老百姓，不願做外國人。我們並不敢爲自己樂觀，可是我們安靜地留在上海，等待解放。

十

解放後，中國面貌一新，成了新中國。不過我們夫婦始終是「舊社會過來的知識分子」。我們也一貫是安分守己、奉公守法的良民。

一九四九年夏，我們夫婦得到清華母校的聘請，於八月二十四日攜帶女兒，登上火車，二十六日到達清華，開始在新中國工作。

鍾書教什麼課我已忘記，主要是指導研究生。我是兼任教授，因爲按清華舊規，夫妻不能在同校同當專任教授。兼任就是按鐘點計工資，工資很少。我自稱「散工」。後來清華廢了舊規，系主任請我當專任，我卻只願做「散工」。因爲我未經改造，未能適應，借「散工」之名，可以逃會。婦女會開學習會，我不參加，因爲我不是家庭婦女。教職員開學習會，我不參加，因爲我沒有專職，只是「散工」。我曾應系裏的需要，增添一門到兩門課，其實已經夠專任的職責了，但是我爲了逃避開會，堅持做「散工」，直到三反運動。

圓圓已有學名錢瑗。她在爺爺發現「讀書種子」之前，只是個無足輕重的女孩子。我們「造反」，不要她排行取名，只把她的小名化爲學名。她離上海時，十二周歲，剛上完初中一年級。她跟父母上火車，一手抱個洋娃娃，一手提個小小的手提袋，裏面都是她自己裁剪縫製的洋娃娃衣服。洋娃娃肚子裏有幾兩黃金，她小心抱著。她看似小孩，已很懂事。

到清華後，她打算在清華附中上學，可是學校一定要她從一年級讀起。我看到初中學生開會多，午後總開會。阿瑗好不容易剛養好病，午後的休息還很重要，我因此就讓她休學，功課由我自己教。阿瑗就幫爸爸做些零星事，如登記學生分數之類。她常會發現些爸爸沒看到的細事。例如某某男女學生是朋友，因爲兩人的課卷都用與眾不同的紫墨水。那兩人果然是一對朋友，後來結婚了。她很認眞地做爸爸的助手。

鍾書到清華工作一年後，調任毛選翻譯委員會的工作，住在城裏，周末回校，仍兼管研究生。毛選翻譯委員會的領導是徐永煐同志，介紹鍾書做這份工作的是清華同學喬冠華同志。事定之日，晚飯後，有一位舊友特僱黃包車從城裏趕來祝賀。客去後，鍾書惶恐地對我說：「他以爲我要做『南書房行走』了。這件事不是好做的，不求有功，但求無過。」

「無功無過」，他自以爲做到了。饒是如此，也沒有逃過背後扎來的一刀子。若不是「文化大革命」中，檔案裏的材料上了大字報，他還不知自己何罪。有關這件莫須有的公案，我在《丙午丁未紀事》及《幹校六記》裏都提到了。我們愛玩福爾摩斯。兩人一起偵探，探出並證實誣陷者是某某人。鍾書與世無爭，還不免遭人忌恨，我很憂慮。鍾書安慰我說：「不要愁，他也未必能隨心。」鍾書的話沒錯。這句話，為我增添了幾分智慧。

其實，「忌」他很沒有必要。鍾書在工作中總很馴良地聽從領導；同事間他能合作，不冒尖，不爭先，肯幫忙，也很有用。他在徐永煐同志領導下工作多年，從信賴的部下成為要好的朋友。他在何其芳、余冠英同志領導下選注唐詩，共事的年輕同志都健在呢，他們準會同意我的話。鍾書只求做好了本職工作，能偷工夫讀他的書。他工作效率高，能偷下很多時間，這是他最珍惜的。我覺得媒孽者倒是無意中幫了他的大忙，免得他榮任什麼體統差事，而讓他默默「耕耘自己的園地」。

鍾書住進城去，不囑咐我照管阿瑗，卻囑咐阿瑗好好照管媽媽，阿瑗很負責地答應了。

我們的老李媽年老多病，一次她生病回家了。那天下大雪。傍晚阿瑗對我說：「媽媽，該撮煤了。煤球裏的貓屎我都摳乾淨了。」她知道我決不會讓她撮煤。所以她背著我一人在雪地裏先把白雪覆蓋下的貓屎摳除乾淨，她知道媽媽怕觸摸貓屎。可是她的嫩指頭不該著冷，鍾書還是應該囑咐我照看阿瑗啊。

有一晚她有幾分低燒，我逼她早睡，她不敢違拗。可是她說：「媽媽，你還要到溫德家去聽音樂呢。」溫德先生常請學生聽音樂，他總為我留著最好的座位，挑選出我喜愛的唱片，阿瑗照例陪我同去。

我說：「我自己會去。」

她遲疑了一下說：「媽媽，你不害怕嗎？」她知道我害怕，卻不說破。

我擺出大人架子說：「不怕，我一個人會去。」

她乖乖地上床躺下了。可是她沒睡。

我一人出門，走到接連一片荒地的小橋附近，害怕得怎麼也不敢過去。我退回又向前，兩次、三次，前面可怕得過不去，我只好退回家。阿瑗還醒著。我只說「不去了」。她沒說什麼。她很乖。

說也可笑，阿瑗那麼個小不點兒，我有她陪著，就像鍾書陪著我一樣，走過小橋，一點也不覺害怕。鍾書囑咐女兒照看媽媽，還是有他的道理。

阿瑗不上學，就脫離了同學。但是她並不孤單，一個人在清華園裏悠游自在，非常快樂。她在病床上寫的《我們仨》裏，有記述她這種生活的章節，這裏我不重複了。

我買了初中二、三年級的課本，教她數學（主要是代數，也附帶幾何、三角）、化學、物理、英文文法等。鍾書每周末為她改中、英文作文。代數愈做愈繁，我想偷懶，我對阿瑗說：「媽媽跟不上了，你自己做下去，能嗎？」她很聽話，就無師自通。過一天我問她能自己學嗎，她說能。過幾天我不放心，叫她如有困難趁早說，否則我真會跟不上。她很有把握地說，她自己會。我就加買了一套課本，讓她參考。

瑗瑗於一九五一年秋考取貝滿女中（當時稱女十二中）高中一年級，代數得了滿分。她就進城住校。她在學校裏交了許多朋友，周末都到我們家來玩。我們夫婦只有一個寶貝女兒，女兒的朋友也成了我們的小友。後來阿瑗得了不治之症住進醫院，她的中學朋友從遠近各地相約同到醫院看望。我想不到十幾歲小姑娘間的友情，能保留得這麼久遠！她們至今還是我的朋友。

阿瑗住校，家裏剩了我一人，只在周末家人團聚。這年冬，三反運動開始。有人提出楊先生怎不參加系裏的會。我說是怕不夠資格。此後我有會必到，認認真真地參加了三反或「脫褲子、割尾巴」或「洗澡」運動。

鍾書在城裏也參加了運動，也洗了個澡。但毛選翻譯委員會只是個極小的單位。第一年原有一班人，一年後只留下鍾書和助手七八人。運動需人多勢眾，才有威力；寥寥幾人，不成氣候。清華大學的運動是聲勢浩大的。學生要錢先生回校洗中盆澡。我就進城代他請了兩星期假，讓他回校好好學習一番再「洗澡」。

鍾書就像阿瑗一樣乖，他回校和我一起參加各式的會，認眞學習。他洗了一個中盆澡，我洗了一個小盆澡，都一次通過。接下是「忠誠老實運動」，我代他一併交代了一切該交代的問題。我很忠誠老實，不管成不成問題，能記起的趁早都一一交代清楚。於是，有一天鍾書和我和同校老師們排著隊，由一位黨的代表，和我們一一握手說：「黨信任你。」我們都洗乾淨了。經過一九五二年的「院系調整」，兩人都調任文學研究所外文組的研究員。文學研究所編制暫屬新北大，工作由中央宣傳部直接領導。文研所於一九五三年二月二十二日正式成立。

一九五二年院系調整後限期搬家。這年的十月十六日，我家就從清華大學搬入新北大的中關園。搬家的時候，鍾書和阿瑗都在城裏。我一個人搬了一個家。東西都搬了，沒顧及我們的寶貝貓兒。鍾書和阿瑗周末陪我同回舊居，捉了貓兒，裝在一只又大又深的布袋裏。我背著，他們兩個一路撫慰著貓兒。我只覺貓兒在袋裏瑟瑟地抖。到了新居，牠還是逃跑了。我們都很傷心。

毛選翻譯委員會的工作於一九五四年底告一段落。鍾書回所工作。鄭振鐸先生是文研所的正所長，兼古典文學組組長。鄭先生知道外文組已經人滿，鍾書擠不進了。他對我說：「默存回來，借調我們古典組，選注宋詩。」

鍾書很委屈。他對於中國古典文學，不是科班出身。他在大學裏學的是外國文學，教的是外國文學。他由清華大學調入文研所，也屬外文組。放棄外國文學研究而選注宋詩，他並不願意。不過他了解鄭先生的用意，也讚許他的明智。鍾書肯委屈，能忍耐，他就借調在古典文學組裏，從此沒能回外文組。

「三反」是舊知識分子第一次受到的改造運動，對我們是「觸及靈魂的」。我們閉塞頑固，以爲「江山好改，本性難移」，人不能改造。可是我們驚愕地發現，「發動起來的群眾」，就像通了電的機器人，都隨著按鈕統一行動，都不是個人了。人都變了。就連「舊社會過來的知識分子」也有不同程度的變：有的是變不透，有的要變又變不過來，也許還有一部分是偷偷兒不變。

我有一個明顯的變，我從此不怕鬼了。不過我的變，一點不合規格。

十一

我們免得犯錯誤、惹是非，就離群索居。我們日常在家裏工作，每月匯報工作進程。我們常挪用工作時間偷出去玩，因爲周末女兒回家，而假日公園的遊客多。頤和園後山的松堂，遊人稀少，我們經常去走一走後山。那裏的松樹千姿百態，我們和一棵棵松樹都認識了。

動物園也是我們喜愛的地方。一九三四年春，我在清華讀書，鍾書北來，我曾帶他同遊。園內最幽靜的一隅有幾間小屋，窗前有一棵松樹，一灣流水。鍾書很看中這幾間小屋，願得以爲家。十餘年後重來，這幾間房屋，連同松樹和那一灣流水，都不知去向了。

我們很欣賞動物園裏的一對小熊貓。牠們安靜地併坐窗口，同看遊人，不像別的小動物在籠中來回來去跑。熊很聰明，喝水用爪子掬水喝，近似人的喝法。更聰明的是聰明不外露的大象。有公母兩頭大象隔著半片牆分別由鐵鏈拴住。公象只耐心地搖晃著身軀，搖晃著腦袋，站定原地運動；拴就拴，反正一步不挪。母象會用鼻子把拴住前腳的鐵圈脫下，然後把長鼻子靠在圍欄上，滿臉得意地笑。飼養員發現牠脫下鐵圈，就再給套上。牠並不反抗，但一會兒又脫下了，好像故意在逗那飼養員呢。我們最佩服這兩頭大象。犀牛厭遊客，會向遊客射尿；尿很臭而射得很遠，遊客只好迴避。河馬最醜，半天也不肯浮出水面。孔雀在春天常肯開屏。鍾書「格物致知」，發現孔雀開屏並不是炫耀牠那金碧輝煌的彩屏，不過是掀起尾巴，向雌孔雀露出後部。看來最可憐的是囚在籠內不能展翅的大鳥。大熊貓顯然最舒服，住的房子也最講究，門前最擁擠。我們並不羨慕大熊貓。猴子最快樂，可是我們對猴子興趣不大。

看動物吃東西很有趣。獅子餵肉之前，得把同籠的分開，因爲獅子見了肉就不顧夫妻情份。豬類動物吃花生，連皮帶殼；熊吐出殼兒帶皮吃；猴子剝了殼還撚去皮。可是大象食腸粗，飼養員餵大象，大團的糧食、整只的蘋果、整條的蘿蔔、連皮的香蕉，都一口吞之。可是牠自己進食卻很精細；吃稻草，先從大捆稻草中拈出一小束，拍打乾淨，築築整齊，才送入口中。我們斷不定最聰明的是靈活的猴子還是笨重的大象。我們愛大象。

有時候我們帶阿瑗一同出遊，但是她身體弱，不如我們走路輕健。遊山或遊動物園都得走很多路，來回乘車要排隊，要擠，都費勁。她到了頤和園高處，從後山下來，覺得步步艱險，都不敢跨步。我覺得鍾書遊園是受了我的鼓動；他陪我玩，練出了腳勁。阿瑗體力無多，我捨不得勉強她。

阿瑗每周末回家，從不肯把髒衣服和被單子帶回家讓阿姨洗，她學著自己洗。同學都說她不像獨養女兒。這種乖孩子，當然會評上「三好學生」，老師就叫她回家和媽媽談談感想。我問「哪三好？」因爲她身體明明不好。她笑說「榮譽是黨給的」。果然，她的身體畢竟不好，讀了三個學期，大有舊病復發之嫌。幸虧她非常聽話，聽從大夫的建議，休學一年，從一九五三年春季休養到一九五四年春季。鍾書一九五四年底才由城裏回北大。阿瑗休學只和媽媽作伴。

她在新北大（即舊燕京）到處尋找相當於清華灰樓的音樂室。她問校內的工人，答「說不好」。她央求說：「不用說得好，隨便說就行。」工人們聽了大笑，乾脆告訴她「沒有」。她很失望。

中關園新建，還沒有一點綠色。阿瑗陪我到鄰近的果園去買了五棵柳樹種在門前。溫德先生送給我們許多花卉，種在院子裏。蔣恩鈿夫婦送來一個屏風，從客堂一端隔出小小一間書房。他們還送來一個擺飾的曲屏和幾盆蘭花、簷葡海棠等花和草。鍾書《槐聚詩存》一九五四年詩，〈有容安室休沐雜詠〉十二首，就是他周末歸來的生活寫實。這間小書房就是他的「容安室」或「容安館」。由商務掃描出版的《容安館日札》就是這個時候開始的。「容安館」聽來很神氣，其實整座住宅的面積才七十五平方米。由屏風隔出來的「容安館」僅僅「容膝易安」而已。

阿瑗常陪我到老燕京圖書館借書，然後又幫我裁書。因爲那時許多書是老式裝訂，整張大紙摺疊著訂，書頁不裁開；有些書雖經借閱，往往只裁開了一部分。

借書的時候，每本書的卡片上由借書者簽上名字，借書卡留在圖書館裏。阿瑗眼睛快，記性好，會記得某書曾有某人借過。她發現一件怪事。某先生借的書都不看完，名字在借書卡上經常出現，可是他顯然只翻幾章，書大部分沒裁開。

阿瑗閒來無事，就讀我案上的書。我對她絕對放任。她愛彈琴，迷戀著清華灰樓的音樂室，但燕京沒有音樂室。我後來爲她買了鋼琴，她復學後卻沒工夫彈琴了。她當時只好讀書，讀了大量的英文小說、傳記、書信集等等，所以她改習俄語後，英語沒有忘記。

一九五四年春阿瑗復學。她休學一年，就相當於留一級。她原先的一級，外語學英語；下面的一級，從初中一年起，外語學俄語。阿瑗欠修四年半的俄語。我當初沒意識到這點麻煩。

清華有一位白俄教授，中國名字稱葛邦福，院系調整後歸屬新北大。我於阿瑗開學前四個月，聘請他的夫人教阿瑗俄語。阿瑗每天到她家上課。葛夫人對這個學生喜歡得逢人必誇，阿瑗和她一家人都成了好朋友。我留有她用英文記的〈我的俄語教師〉一文。文章是經鍾書改過的，沒找到草稿。但所記是實情，很生動。

錢瑗復學，俄語很順溜地跟上了；不僅跟上，大概還是班上的尖子。她仍然是「三好學生」。「三好學生」跑不了會成共青團員。阿瑗一次回家，苦惱得又迸出了小眼淚。她說：「她們老叫我入團，我總說，還不夠格呢，讓我慢慢爭取吧；現在他們全都說我夠格了，我怎麼說呢？」她說：「入了團就和家裏不親了，家裏盡是『糖衣炮彈』了。」

我安慰她說：「你不會和家裏不親。媽媽也不會『扯你後腿』。」阿瑗很快就成了團員，和家裏的關係分毫沒變。

她一九五五年秋季中學畢業，考取北京師範大學俄語系。她的志願是「當教師的尖兵」。我學我爸爸的榜樣：孩子自己決定的事，不予干涉。錢瑗畢業後留校當教師。她一輩子是教師隊伍裏的一名尖兵。

鍾書在毛選翻譯委員會的工作，雖然一九五四年底告一段落，工作並未結束。一九五八年初到一九六三年，他是英譯毛選定稿組成員，一同定稿的是艾德勒。一九六四年起，他是英譯毛主席詩詞的小組成員。「文化大革命」打斷了工作，一九七四年繼續工作，直到毛主席詩詞翻譯完畢才全部結束。這麼多年的翻譯工作，都是在中央領導下的集體工作。集體很小，定稿組只二三人，翻譯詩詞組只五人。鍾書同時兼任所內的研究工作，例如參加古典組的《唐詩選注》。

錢瑗考取大學以後的暑假。一九五六年夏，隨鍾書到武昌省親。我公公婆婆居住學校宿舍。鍾書曾幾度在暑期中請「探親假」省視父母。這回帶了阿瑗同去。

大熱天，武漢又是高溫地區，兩人回來，又黑又瘦。黑是太陽曬的，瘦則各有原因。鍾書吃慣了我做的菜，味淡；我婆婆做的菜，他嫌鹹，只好半飢半飽。爹爹睡覺不分日夜。他半夜讀書偶有所得，就把健汝喚醒，傳授心得。一個欠吃，一個欠睡，都瘦了。

這時爹爹已不要求鍾書「養志」（養志的弟弟攜家僑居緬甸）。他最寵愛的是「女孫健汝」，鍾書已是四十、五十之間的中年人，父子相聚，只絮絮談家常了。爹爹可憐唔娘寂寞，而兩人很少共同語言。他常自稱「拗荊」。我問鍾書什麼意思。鍾書說，表示他對妻子拗執。我想他大概有抱歉之意。自稱「拗荊」，也是老人對老妻的愛憐吧？

鍾書阿瑗回京，帶給我一個爹爹給我的銅質鏤金字的豬符，因爲我和爹爹同生肖。我像林黛玉一般小心眼，問是單給我一人，還是別人都有。他們說，單給我一人的。我就特別寶貝。這是在一九五六年暑假中。

一九五七年一、二月間，鍾書惦著爹爹的病，冒寒又去武昌。他有〈赴鄂道中〉詩五首。第五首有「隱隱遙空碾濈雷」，「啼鳩忽噤雨將來」之句。這五首詩，作於「早春天氣」的前夕。這年六月發動了反右運動，未能再次請假探親。

那時鍾書的三弟已回國，我公公命他把我婆婆送歸無錫，因她已神識不清。我公公這年十一月在武漢去世，我婆婆次年在無錫去世；我公公的靈柩運回無錫，合葬梅園祖墳。

十二

鍾書帶了女兒到武昌探親之前，一九五七年的五月間，在北京上大學的外甥女來我家玩，說北大的學生都貼出大字報來了。我們晚上溜出去看大字報，眞的滿牆都是。我們讀了很驚訝。三反之後，我們直以爲人都變了。原來一點沒變，我們倆的思想原來很一般，比大字報上流露的還平和些。我們又驚又喜地一處處看大字報，心上大爲舒暢。幾年來的不自在，這回得到了安慰。人還是人。

接下就是領導號召鳴放了。鍾書曾到中南海親耳聽到毛主席的講話，覺得是眞心誠意的號召鳴放，並未想到「引蛇出洞」。但多年後看到各種記載，聽到各種論說，方知是經過長期精心策劃的事，使我們對「政治」悚然畏懼。

所內立即號召鳴放。我們認爲號召的事，就是政治運動。我們對政治運動一貫地不理解。三反之後曾批判過俞平伯論《紅樓夢》的「色空思想」。接下是肅反，又是反胡風。一個個運動的次序我已記不大清楚。只記得俞平伯受批判之後，提升爲一級研究員，鍾書也一起提升爲一級。接下來是高級知識分子受優待，出行有高級車，醫療有高級醫院；接下來就是大鳴大放。

風和日暖，鳥鳴花放，原是自然的事。一經號召，我們就警惕了。我們自從看了大字報，已經放心滿意。上面只管號召「鳴放」，四面八方不斷地引誘催促。我們覺得政治運動總愛走向極端。我對鍾書說：「請吃飯，能不吃就不吃；情不可卻，就只管吃飯不開口說話。」鍾書說：「難得有一次運動不用同聲附和。」我們兩個不鳴也不放，說的話都正確。例如有人問，你工作覺得不自由嗎？我說：「不覺得。」我說的是眞話。我們淪陷上海期間，不論什麼工作，只要是正當的，我都做，哪有選擇的自由？有友好的記者要我鳴放。我老實說：「對不起，我不愛『起哄』。」他們承認我向來不愛「起哄」，也就不相強。

鍾書這年初冒寒去武昌看望病父時，已感到將有風暴來臨。果然，不久就發動了反右運動，大批知識分子打成右派。

運動開始，領導說，這是「人民內部矛盾」。內部矛盾終歸難免的，不足爲奇。但運動結束，我們方知右派問題的嚴重。我們始終保持正確，運動總結時，很正確也很誠實地說「對右派言論有共鳴」，但我們並沒有一言半語的右派言論，也就逃過了厄運。

鍾書只愁爹爹亂發議論。我不知我的公公是「準右派」還是「漏網右派」，反正運動結束，他已不在了。

政治運動雖然層出不窮，鍾書和我從未間斷工作。他總能在工作之餘偷空讀書；我「以勤補拙」，盡量讀我工作範圍以內的書。我按照計畫完成《吉爾．布拉斯》的翻譯，就寫一篇五萬字的學術論文。記不起是一九五六年或一九五七年，我接受了外國古典文學名著叢書編委會交給我重譯《堂．吉訶德》的任務。

恰在反右那年的春天，我的學術論文在刊物上發表，並未引起注意。鍾書一九五六年底完成的《宋詩選注》，一九五八年出版。反右之後又來了個「雙反」，隨後我們所內掀起了「拔白旗」運動。鍾書的《宋詩選注》和我的論文都是白旗。鄭振鐸先生原是大白旗，但他因公遇難，就不再「拔」了。鍾書於一九五八年進城參加翻譯毛選的定稿工作。一切「拔」他的《宋詩選注》批判，都由我代領轉達。後來因日本漢學家吉川幸次郎和小川環樹等對這本書的推重，也不拔了。只苦了我這面不成模樣的小白旗，給拔下又撕得粉碎。我暗下決心，再也不寫文章，從此遁入翻譯。鍾書笑我「借屍還魂」，我不過想藉此「遁身」而已。

許多人認為《宋詩選注》的選目欠佳。鍾書承認自己對選目並不稱心：要選的未能選入，不必選的都選上了。其實，在選本裏，自己偏愛的詩不免割愛；鍾書認為不必選的，能選出來也不容易。有幾首小詩，或反映民間疾苦，或寫人民淪陷敵區的悲哀，自有價值，若未經選出，就埋沒了。鍾書選詩按照自己的標準，選目由他自定，例如他不選文天祥〈正氣歌〉，是很大膽的不選。

選宋詩，沒有現成的《全宋詩》供選擇。鍾書是讀遍宋詩，獨自一人選的。他沒有一個助手，我只是「賢內助」，陪他買書，替他剪貼，聽他和我商榷而已。那麼大量的宋詩，他全部讀遍，連可選的幾位小詩人也選出來了。他這兩年裏工作量之大，不知有幾人曾理會到。

《宋詩選注》雖然受到批判，還是出版了。他的成績並未抹殺。我的研究論文並無價值，不過大量的書，我名正言順地讀了。我淪陷上海當灶下婢的時候，能這樣大模大樣地讀書嗎？我們在舊社會的感受是賣掉了生命求生存。因爲時間就是生命。在新中國，知識分子的生活都由國家包了，我們分配得合適的工作，只需全心全意爲人民服務。我們全心全意願爲人民服務，只是我們不會爲人民服務，因爲我們不合格。然後國家又賠了錢重新教育我們。我們領了高工資受教育，分明是國家虧了。

我曾和同事隨社科院領導到昌黎「走馬看花」，到徐水看畝產萬斤稻米的田。我們參與全國煉鋼，全國大躍進，知識分子下鄉下廠改造自己。我家三口人，分散三處。我於一九五八年十一月下放農村，十二月底回京。我曾寫過一篇〈第一次下鄉〉，記我的「下放」。鍾書當時還在城裏定稿，他十二月初下放昌黎，到下一年的一月底（即陰曆年底）回京。阿瑗下放工廠煉鋼。

錢瑗到了工廠，跟上一個八級工的師傅。師傅因她在學校屬美工組，能畫，就要她畫圖。美工組畫宣傳畫，和鋼廠的圖遠不是一回事。阿瑗趕緊到書店去買了書，精心學習。師傅非常欣賞這個好徒弟，帶她一處處參觀。師傅常有創見，就要阿瑗按他的創見畫圖。阿瑗能畫出精確的圖。能按圖做出模型，灌注鐵水。她留廠很久，對師傅非常佩服，常把師傅家的事講給我們聽。師傅臨別送她一個飯碗口那麼大的毛主席像章留念。我所見的像章中數這枚最大。

鍾書下放昌黎比我和阿瑗可憐。我曾到昌黎「走馬看花」，我們一夥是受招待的，而昌黎是富庶之區。鍾書下放時，「三年饑荒」已經開始。他的工作是搗糞，吃的是霉白薯粉摻玉米麵的窩窩頭。他陰曆年底回北京時，居然很會顧家，帶回很多北京已買不到的肥皀和大量當地出產的蜜餞果脯。我至今還記得我一人到火車站去接他時的緊張，生怕接不到，生怕他到了北京還需回去。

我們夫妻分離了三個月，又團聚了。一九五九年文學所遷入城內舊海軍大院。這年五月，我家遷居東四頭條一號文研所宿舍。房子比以前更小，只一間寬大的辦公室，分隔為五小間。一家三口加一個阿姨居然都住下，還有一間做客廳，一間堆放箱籠什物。

搬進了城，到「定稿組」工作方便了，逛市場、吃館子也方便了。鍾書是愛吃的。「三年饑荒」開始，政治運動隨著安靜下來。但我們有一件大心事。阿瑗快畢業了。她出身不好。她自己是「白專」，又加父母雙「白」，她只是個盡本分的學生，她將分配到哪裏去工作呀？她塡的志願是「支邊」。如果是北方的「邊」，我還得為她做一件「皮大哈」呢。

自從她進了大學，校內活動多，不像在中學時期每個周末回家。煉鋼之前，她所屬的美工組往往忙得沒工夫睡覺。一次她午後忽然回家，說：「老師讓我回家睡一覺，媽媽，我睡到四點半叫醒我。」於是倒頭就睡。到了四點半，我不忍叫醒她也不得不叫醒她，也不敢多問，怕耽擱時間。我那間豆腐乾般大的臥房裏有阿瑗的床，可是，她不常回家。我們覺得阿瑗自從上了大學，和家裏生疏了；畢業後工作如分配在遠地，我們的女兒就流失到不知什麼地方去了。

但是事情往往意想不到。學校分配阿瑗留校當助教。我們得知消息，說不盡的稱心滿意。因爲那個年代，畢業生得服從分配。而分配的工作是終身的。我們的女兒可以永遠在父母身邊了。

我家那時的阿姨不擅做菜。鍾書和我常帶了女兒出去吃館子，在城裏一處處吃。鍾書早年寫的〈吃飯〉一文中說：「吃講究的飯，事實上只是吃菜。」他沒說吃菜主要在點菜。上隨便什麼館子，他總能點到好菜。他能選擇。選擇是一項特殊的本領，一眼看到全部，又從中選出最好的。他和女兒在這方面都擅長：到書店能買到好書，學術會上能評選出好文章，到綢布莊能選出好衣料。我呢，就彷彿是一個昏君。我點的菜終歸是不中吃的。

吃館子不僅僅吃飯吃菜，還有一項別人所想不到的娛樂。鍾書是近視眼，但耳朵特聰。

阿瑗耳聰目明。在等待上菜的時候，我們在觀察其他桌上的吃客。我聽到的只是他們的一言半語，也不經心。鍾書和阿瑗都能聽到全文。我就能從他們連續的評論裏，邊聽邊看眼前的戲或故事。

「那邊兩個人是夫妻，在吵架……」

「跑來的這男人是夫妻吵架的題目——他不就是兩人都說了好多遍名字的人嗎？……看他們的臉……」

「這一桌是請親戚」——誰是主人，誰是主客，誰和誰是什麼關係，誰又專愛說廢話，他們都頭頭是道。

我們的菜一一上來，我們一面吃，一面看。吃完飯算賬的時候，有的「戲」已經下場，有的還演得正熱鬧，還有新上場的。

我們吃館子是連著看戲的。我們三人在一起，總有無窮的趣味。

十三

一九六二年的八月十四日，我們遷居乾麵胡同新建的宿舍，有四個房間，還有一間廚房、一間衛生間（包括廁所和澡房），還有一個陽台。我們添買了家具，住得寬舒了。

「三年困難」期間，鍾書因爲和洋人一同爲英譯毛選定稿，常和洋人同吃高級飯。他和我又各有一份特殊供應。我們還經常吃館子。我們生活很優裕。而阿瑗輩的「年輕人」呢，住處遠比我們原先小；他們的工資和我們的工資差距很大。我們幾百，他們只幾十。「年輕人」是新中國的知識分子。「舊社會過來的老先生」和「年輕人」生活懸殊，「老先生」未免令人側目。我們自己嘗過窮困的滋味，看到絕大多數「年輕人」生活窮困，而我們的生活這麼優裕，心上很不安，很抱歉，也很慚愧。每逢運動，「老先生」總成爲「年輕人」批判的對象。這是理所當然，也是勢所必然。

我們的工資，凍結了十幾年沒有改變。所謂「年輕人」，大部分已不復年輕。「老先生」和「年輕人」是不同待遇的兩種人。

一九六四年，所內同事下鄉四清，我也報了名。但我這「老先生」沒批准參加，留所爲一小班「年輕人」修改文章。我偶爾聽到譏誚聲，覺得惴惴不安。

一九六三年鍾書結束了英譯毛選四卷本的定稿工作，一九六四年又成爲「毛主席詩詞翻譯五人小組」的成員。阿瑗一九六三年十二月到大興縣禮賢公社四清，沒回家過年，到一九六四年四月回校。一九六五年九月又到山西武鄉城關公社四清，一九六六年五月回校；成績斐然，隨即由工作隊員蔣亨俊（校方）及馬六孩（公社）介紹，「火線入黨」。

什麼叫「火線入黨」，她也說不清，我也不明白。反正從此以後，每逢「運動」，她就是「拉入黨內的白尖子」。她工作認眞盡力是不用說的；至於四清工作的繁重，生活的艱苦，她直到十多年後才講故事般講給我聽。當時我支援她的需求，爲她買過許多年畫和許多花種寄去。她帶回一身蝨子，我幫她把全部衣服清了一清。

阿瑗由山西回京不久，「文化大革命」就開始了。山西城關公社的學校裏一群革命小將來京串聯，找到錢瑗老師，討論如何揪鬥校長。阿瑗給他們講道理、擺事實，說明校長是好人，不該揪鬥。他們對錢老師很信服，就沒向校長「鬧革命」。十年之後，這位校長特來北京，向錢瑗道謝，謝她解救了他這場災禍。

八月間，我和鍾書先後被革命群眾「揪出來」，成了「牛鬼蛇神」。阿瑗急要回家看望我們，而她屬「革命群眾」。她要回家，得走過眾目睽睽下的大院。她先寫好一張大字報，和「牛鬼蛇神」的父母劃清界線，貼在樓下牆上，然後走到家裏，告訴我們她剛貼出大字報和我們「劃清界線」——她著重說「思想上劃清界線」！然後一言不發，偎著我貼坐身邊，從書包裏取出未完的針線活，一針一針地縫。她買了一塊人造棉，自己裁，自己縫，爲媽媽做一套睡衣；因爲要比一比衣袖長短是否合適，還留下幾針沒有完工。她縫完末後幾針，把衣褲疊好，放在我身上，又從書包裏取出一大包爸爸愛吃的夾心糖。她找出一個玻璃瓶子，把糖一顆顆剝去包糖的紙，裝在瓶裏，一面把一張張包糖的紙整整齊齊地疊在一起，藏入書包，免得革命群眾從垃圾裏發現糖紙。她說，現在她領工資了，每月除去飯錢，可省下來貼補家用。我們夫妻雙雙都是「牛鬼蛇神」，每月只發生活費若干元，而存款都已凍結，我們兩人的生活費實在很緊。阿瑗強忍住眼淚，我看得出她是眼淚往肚裏嚥。看了阿瑗，我們直心疼。

阿瑗在革命陣營裏是「拉入黨內的白尖子」，任何革命團體都不要她；而她也不能做「逍遙派」，不能做「游魚」。全國大串聯，她就到了革命聖地延安。她畫了一幅延安的塔寄給媽媽。「文化大革命」結束後，她告訴我說，她一人單幹，自稱「大海航行靠舵手」，哪派有理就贊助哪派，還相當受重視。很難為她，一個人，在這十年「文化大革命」中沒犯錯誤。

我們幾個月後就照發工資，一年之後，兩人相繼「下樓」——即走出「牛棚」。但我們仍是最可欺負的人。我們不能與強鄰相處，阿瑗建議「逃走」；我們覺得不僅是上策，也是唯一的出路。我們一九七三年十二月九日逃到北師大，大約是下午四時左右。

我們僱了一輛三輪汽車（現在這種汽車早已淘汰了），顛顛簸簸到達北師大。阿瑗帶我們走入她學生時期的宿舍，那是她住了多年的房間，在三樓，朝北。她掏出鑰匙開門的時候，左鄰右舍都出來招呼錢瑗。我們還沒走進她那間陰寒髒亂的房間，樓道裏許多人都出來看錢瑗的爸爸媽媽了。他們得知我們的情況，都伸出援助之手。被子、褥子、枕頭，從各家送來；鍋碗瓢盆、菜刀、鏟刀、油鹽醬醋以至味精、煤爐子、煤餅子陸續從四面八方送來，不限本樓了。阿瑗的朋友眞多也眞好，我們心上舒坦又溫暖，放下東西，準備舀水擦拭塵土。

我忽然流起鼻血來，手絹全染紅了。我問知盥洗室在四樓，推說要洗手，急奔四樓。鍾書「拙手笨腳」地忙拿了個小臉盆在樓道一個水龍頭下接了半盆水給我洗手。我推說手太髒，半盆水不夠，急奔四樓。只聽得阿瑗的朋友都誇「錢伯伯勞動態度好」。我心裏很感激他，但是我不要他和阿瑗爲我著急。我在四樓盥洗室內用冷水冰鼻梁，冰腦門子，乘間洗淨了血污的手絹。鼻血不流了，我慢慢下樓，回到阿瑗的房間裏。

阿瑗見我進屋，兩手放到背後，說聲：「啊呀！不好了！大暴露了！」她的屋裏那麼髒又那麼亂，做夢也沒想到媽媽會到這間屋裏來收拾。

我愛整潔；阿瑗常和爸爸結成一幫，暗暗反對媽媽的整潔。例如我搭毛巾，邊對邊，角對角，齊齊整整。他們兩個認爲費事，隨便一搭更方便。不過我們都很妥協，他們把毛巾隨手一搭，我就重新搭搭整齊。我不嚴格要求，他們也不公然反抗。

阿瑗這間宿舍，有三只上下鋪的雙層床。同屋的老同學都已分散。她畢業後和兩個同事飯後在這裏歇午，誰也顧不到收拾。目前天氣寒冷，這間房只阿瑗一人歇宿。書架上全是灰塵，床底下全是亂七八糟的東西。阿瑗是美工組成員，擅長調顏色。她屋裏的一切碗、碟、杯、盤，全用來調過顏色，都沒有洗。我看了「大暴露」，樂得直笑，鼻血都安然停止了。

我們收拾了房間，洗淨了碗碟。走廊是各室的廚房，我們也生上煤爐。晚飯前，阿瑗到食堂去買了飯和菜，我加工烹調。屋裏床在沿牆，中間是拼放的兩對桌子。我們對坐吃晚飯，其樂也融融，因爲我們有這麼多友人的同情和關懷，說不盡的感激，心上輕鬆而愉快。三人同住一房，阿瑗不用擔心爸爸媽媽受欺負，我們也不用心疼女兒每天擠車往返了。屋子雖然寒冷，我們感到的是溫暖。

將近冬至，北窗縫裏的風愈加冷了。學校宿舍裏常停電。電停了，暖氣也隨著停。我們只有隨身衣服，得回家取冬衣。我不敢一人回去，怕發生了什麼事還說不清。我所內的老侯是轉業軍人，政治上過硬，而且身高力大。我央他做保鏢陪我回家去取了兩大包衣物。他幫我僱了汽車，我帶著寒衣回師大。

阿瑗有同事正要搬入小紅樓。他的華僑朋友出國了，剛從小紅樓搬走，把房子讓了給他。小紅樓是教職員宿舍，比學生宿舍好。那位同事知道我們住一間朝北宿舍，就把小紅樓的兩間房讓給我們，自己留住原處。

那兩間房一朝南，一朝東，陽光很好。我們就搬往小紅樓去住。那邊還有些學校的家具，如床和桌子椅子等。原有一個大立櫃搬走了，還留著櫃底下一層厚厚的積土。我們由阿瑗朋友處借用的被褥以及一切日用品都得搬過去。搬家忙亂，可憐的鍾書眞是「勞動態度好」，他別處插不下手，就「拙手笨腳」地去掃那堆陳年積土。我看見了急忙阻止，他已吃下大量灰塵。連日天寒，他已著涼感冒，這一來就引發了近年來困擾他的哮喘。

他每次發病，就不能躺下睡覺，得用許多枕頭被子支起半身，有時甚至不能臥床，只能滿地走。我們的醫療關係，已從「鳴放」前的頭等醫院逐漸降級，降到了街道上的小醫院。醫生給點藥吃，並不管事。他哮喘病發，呼吸如呼嘯。我不知輕重，戲稱他爲「呼嘯山莊」。

師大的校醫院和小紅樓很近。阿瑗帶我們到校醫院去看病打針。可是他病得相當重，雖吃藥打針，晚上還是呼嘯。小紅樓也一樣停電停暖氣。我回乾麵胡同取來的冬衣不夠用。有一夜，他穿了又重又不暖和的厚呢大衣在屋裏滿地走。我已連著幾夜和衣而臥，陪著他不睡。忽然，我聽不見他呼嘯，只見他趴在桌上，聲息全無。我嚇得立即跳起來。我摸著他的手，他隨即捏捏我的手，原來他是乏極了，打了個盹兒，他立刻繼續呼嘯。我深悔鬧醒了他，但聽到呼嘯，就知道他還在呼吸。

一九七四年的一月十八日下午，我剛煮好一鍋粥，等阿瑗回來同吃晚飯。校內「批林批孔」，運動正值高潮。我聽到鍾書的呼嘯和平時不同，急促得快連續不上了。多虧兩家鄰居，叫我快把「爺爺」送醫院搶救。阿瑗恰好下班回來，急忙到醫院去找大夫，又找到了校內的司機。一個司機說，他正要送某教師到北醫三院去，答應帶我們去搶救病人。因爲按學校的規則，校內汽車不爲家屬服務。

我給鍾書穿好衣裳、棉鞋，戴上帽子圍巾，又把一鍋粥嚴嚴地裹在厚被裏，等汽車來帶我們。左等右等，汽車老也不來。我著急說：「汽車會不會在醫院門口等我們過去呀？」一位好鄰居冒著寒風，跑到醫院前面去找。汽車果然停在那呆等呢。鄰居招呼司機把車開往小紅樓。幾位鄰居架著扶著鍾書，把他推上汽車。我和阿瑗坐在他兩旁，另一位病人坐在前座。汽車開往北醫三院的一路上，我聽著鍾書急促的呼嘯隨時都會停止似的，急得我左眼球的微血管都滲出血來了——這是回校後發現的。

到了醫院，司機幫著把鍾書扶上輪椅，送入急診室。大夫給他打針又輸氧。將近四小時之後，鍾書的呼吸才緩過來。他的醫療關係不屬北醫三院，搶救得性命，醫院就不管了。鍾書只好在暖氣片的木蓋上躺著休息。

送我們的司機也眞好。他對錢瑗說：他得送那位看病的教師回校；錢老師什麼時候叫他，他隨叫隨到。鍾書躺在寬僅容身的暖氣片蓋上休息，正是午夜十二點。阿瑗打電話請司機來接。司機沒有義務大冬天半夜三更，從床上起來開車接我們。他如果不來接，我們眞不知怎麼回小紅樓。醫院又沒處可歇，我們三人都餓著肚子呢。

裹在被窩裏的一鍋粥還熱，我們三人一同吃了晚飯，鍾書這回不呼嘯了。

校醫室也眞肯照顧，護士到我們家來爲鍾書打針。經校醫室診治，鍾書漸漸好起來，能起床臥在躺椅裏，能由我扶著自己到醫院去請護士打針。

我們和另兩家合住這一組房子，同用一個廚房，一間衛生間。一家姓熊，一家姓孟。平日大家都上班或上學。經常在家的，就剩我們夫婦、孟家一個五歲多的男孫、熊家奶奶和她的小孫子。三餐做飯的是老熊和孟家主婦（我稱她小常寶），還有我。我們三個談家常或交流烹調經驗，也互通有無，都很要好。孟家小弟成天在我們屋裏玩。熊家小弟當初只會在床上蹦，漸漸地能扶牆行走，走入我們屋裏來。

那時的鍾書頭髮長了不能出去理髮，滿面病容，是眞正的「囚首垢面」。但是熊家小弟卻特別垂青，進門就對「爺爺」笑。鍾書上廁，得經過他們家門口。小弟見了他，就伸出小手要爺爺抱。鍾書受寵若驚。熊家奶奶常安慰我說：「瞧！他盡對爺爺笑！爺爺的病一定好得快。」

可是熊家奶奶警覺地觀察到鍾書上廁走過他家時，東倒西歪。房子小，過道窄，東倒西歪也摔不倒。熊家奶奶叫我注意著點兒。鍾書已經搶救過來，哮喘明顯地好了。但是我陪他到醫院去，他須我扶，把全身都靠在我身上，我漸漸地扶不動他了。他躺在椅裏看書，也寫筆記，卻手不應心，字都歪歪斜斜地飛出格子。漸漸地，他舌頭也大了，話也說不清。我怕是他腦子裏長了什麼東西。校醫院的大夫說，當檢查。

我託親友走後門，在北京兩個大醫院裏都掛上了號。事先還費了好大心思，求附近的理髮店格外照顧；鍾書由常來看顧他的所內年輕人扶著去理了髮。

鍾書到兩個醫院去看了病，做了腦電圖。診斷相同：他因哮喘，大腦皮層缺氧硬化，無法醫治，只能看休息一年後能否恢復。但大腦沒有損傷，也沒有什麼瘤子。

我放下半個心，懸著半個心。鍾書得休養一個時期。那時候，各單位的房子都很緊張。我在小紅樓已經住過寒冬，天氣已經回暖，我不能老佔著人家的房子不還。我到學部向文學所的小戰士求得一間辦公室，又請老侯爲我保駕，回家取了東西，把那間辦公室佈置停當。一九七四年的五月二十二日，我們告別了師大的老年、中年、幼年的許多朋友，遷入學部七號樓西盡頭的辦公室。

十四

辦公室並不大，兼供吃、喝、拉、撒、睡。西盡頭的走廊是我們的廚房兼堆煤餅。鄰室都和我們差不多，一室一家；走廊是家家的廚房。女廁在鄰近，男廁在東盡頭。鍾書絕沒有本領走過那條堆滿雜物的長走廊。他只能「足不出戶」。

不過這間房間也有意想不到的好處。文學所的圖書資料室就在我們前面的六號樓裏。鍾書曾是文學研究所圖書資料委員會主任，選書、買書是他的特長。中文的善本、孤本書籍，能買到的他都買。外文（包括英、法、德、義等）的經典作品以及現當代的主流作品，應有盡有。外賓來參觀，都驚詫文學所圖書資料的精當完美。而管理圖書資料的一位年輕人，又是鍾書流亡師大時經常來關心和幫忙的。外文所相離不遠。住在外文所的年輕人也都近在咫尺。

我們在師大，有阿瑗的許多朋友照顧；搬入學部七樓，又有文學所、外文所的許多年輕人照顧。所以我們在這間陋室裏，也可以安居樂業。鍾書的「大舌頭」最早恢復正常，漸漸手能寫字，但兩腳還不能走路。他繼續寫他的《管錐編》，我繼續翻譯《堂・吉訶德》。我們不論在多麼艱苦的境地，從不停頓的是讀書和工作，因爲這也是我們的樂趣。

錢瑗在我們兩人都下放幹校期間，偶曾幫助過一位當時被紅衛兵迫使掃街的老太太，幫她解決了一些困難。老太太受過高等教育，精明能幹，是一位著名總工程師的夫人。她感激阿瑗，和她結識後，就看中她做自己的兒媳婦，哄阿瑗到她家去。阿瑗哄不動。老太太就等我們由幹校回京後，親自登門找我。她讓我和鍾書見到了她的兒子；要求讓她兒子和阿瑗交交朋友。我們都同意了。可是阿瑗對我說：「媽媽，我不結婚了，我陪著爸爸媽媽。」我們都不願勉強她。我只說：「將來我們都是要走的，撇下你一個人，我們放得下心嗎？」阿瑗是個孝順女兒，我們也不忍多用這種話對她施加壓力。可是老太太那方努力不懈，終於在一九七四年，我們搬入學部辦公室的同一個月裏，老太太把阿瑗娶到了她家。我們知道阿瑗有了一個美好的家，雖然身處陋室，心上也很安適。我的女婿還保留著鍾書和老太太之間的信札，我附在此文末尾的【附錄二】。

「斯是陋室」，但鍾書翻譯毛主席詩詞的工作，是在這間屋裏完成的。

一九七四年冬十一月，袁水拍同志來訪說：「江青同志說的，『五人小組』並未解散，鍾書同志當把工作做完。」我至今不知「五人小組」是哪五人。我只知這項工作是一九六四年開始的。喬冠華同志常用他的汽車送鍾書回家，也常到我們家來坐坐，說說閒話。「文化大革命」中工作停頓，我們和喬冠華同志完全失去聯繫。葉君健先生是成員之一。另二人不知是誰。這事我以爲是由周總理領導的。但是我沒有問過，只覺得江青「抓尖兒賣乖」，搶著來領導這項工作。我立即回答袁水拍說：「錢鍾書病著呢。他歪歪倒倒地，只能在這屋裏待著，不能出門。」

對方表示：錢鍾書不能出門，小組可以到這屋裏來工作。我就沒什麼可說的了。

我們這間房，兩壁是借用的鐵書架，但沒有橫格。年輕人用幹校帶回的破木箱，爲我們橫七豎八地搭成格子，書和筆記本都放在木格子裏。頂著西牆，橫放兩張行軍床。中間隔一只較爲完整的木箱，權當床頭櫃兼衣櫃。北窗下放一張中不溜的書桌，那是鍾書工作用的。近南窗，貼著西牆，靠著床，是一張小書桌，我工作用的。我正在翻譯，桌子只容一疊稿紙和一本書，許多種大詞典都攤放床上。我除了這間屋子，沒有別處可以容身，所以我也相當於挪不開的物件。近門有個洗臉架，旁有水桶和小水缸，權充上下水道。鐵架子頂上搭一條木板，放鍋碗瓢盆。暖氣片供暖不足，屋子裏還找出了空處，生上一只煤爐，旁邊疊幾塊蜂窩煤。門口還掛著夏日擋蚊子冬日擋風的竹簾子。

葉君健不嫌簡陋，每天欣然跑來，和鍾書腳對腳坐在書桌對面。袁水拍只好坐在側面，竟沒處容膝。周珏良有時來代表喬冠華。他擠坐在鍾書旁邊的椅上。據說：「鍾書同志不懂詩詞，請趙樸初同志來指點指點。」趙樸初和周珏良不是同時來，他們只來過兩三次。幸好所有的人沒一個胖子，滿屋的窄道裏都走得通。毛主席詩詞的翻譯工作就是在這間陋室裏完成的。

袁水拍同志幾次想改善工作環境，可是我和鍾書很頑固。他先說，屋子太小了，得換個房子。我和鍾書異口同聲：一個說「這裏很舒服」；一個說「這裏很方便」。我們說明借書如何方便，如何有人照顧等等，反正就是表示堅定不搬。袁辭去後，我和鍾書咧著嘴做鬼臉說：「我們要江青給房子！」然後傳來江青的話：「鍾書同志可以住到釣魚台去，楊絳同志也可以去住著，照顧鍾書同志。」我不客氣說：「我不會照顧人，我還要阿姨照顧呢。」過一天，江青又傳話：「楊絳同志可以帶著阿姨去住釣魚台。」我們兩個沒有心理準備，兩人都呆著臉，一言不發。我不知道袁水拍是怎麼回話的。

一九七五年的國慶日，鍾書得到國宴的請帖，他請了病假。下午袁水拍來說：「江青同志特地為你們準備了一輛小轎車，接兩位去遊園。」鍾書說：「我國宴都沒能去。」袁說：「鍾書同志不能去，楊絳同志可以去呀。」我說：「今天阿姨放假，我還得做晚飯，還得看著病人呢。」我對袁水拍同志實在很抱歉，我並不願意得罪他，可是他介於江青和我們倆之間，只好對不起他了。毛主席的詩詞翻譯完畢，聽說還開了慶功會，並飛往全國各地徵求意見。反正錢鍾書已不復是少不了的人；以後的事，我們只在事後聽說而已。錢鍾書的病隨即完全好了。

這年冬天，鍾書和我差點兒給煤氣熏死。我們沒注意到煙囪管出口堵塞。我臨睡服安眠藥，睡中聞到煤氣味，卻怎麼也醒不過來；正掙扎著要醒，忽聽得鍾書整個人摔倒在地的聲音。這沉重的一聲，幫我醒了過來。我迅速穿衣起床，三腳兩步過去給倒地的鍾書裹上厚棉衣，立即打開北窗。他也是睡中聞到煤氣，急起開窗，但頭暈倒下，腦門子磕在暖氣片上，又跌下地。我把他扶上床，又開了南窗。然後給他戴上帽子，圍上圍巾，嚴嚴地包裹好；自己也像嚴冬在露天過夜那樣穿戴著。我們擠坐一處等天亮。南北門窗洞開，屋子小，一會兒煤氣就散盡了。鍾書居然沒有著涼感冒哮喘。虧得他沉重地摔那一跤，幫我醒了過來。不然的話，我們兩個就雙雙中毒死了。他腦門子上留下小小一道傷痕，幾年後才消失。

一九七六年，三位黨和國家領導人相繼去世。這年的七月二十八日凌晨唐山地震，餘震不絕，使我們覺得偉人去世，震盪大地，老百姓都在風雨飄搖之中。

我們住的房間是危險房，因爲原先曾用作儲藏室，封閉的幾年間，冬天生了暖氣，積聚不散，把房子漲裂，南北二牆各裂出一條大縫。不過牆外還抹著灰泥，並不漏風。我們知道房子是混凝土築成，很堅固，頂上也不是預製板，只二層高，並不危險。

但是所內年輕人不放心。外文所的樓最不堅固，所以讓居住樓裏的人避居最安全的圓穹頂大食堂。外文所的年輕人就把我們兩張行軍床以及日用必需品都搬入大食堂，並為我們佔了最安全的地位。我們阿姨不來做飯了，我們輪著吃年輕人家的飯，「一家家吃將來」。鍾書始終未能回外文所工作，但外文所的年輕人都對他愛護備至。我一方面感激他們，一方面也為鍾書驕傲。

我們的女兒女婿都來看顧我們。他們作了更安全的措施，接我們到他們家去住。所內年輕朋友因滿街都住著避震的人，一路護著我們到女兒家去。我回憶起地震的時期，心上特別溫馨。

這年的十月六日「四人幫」被捕，報信者只敢寫在手紙上，隨手就把手紙撕毀。好振奮人心的消息！

十一月二十日，我譯完《堂・吉訶德》上下集（共八冊），全部定稿。鍾書寫的《管錐編》初稿亦已完畢。我們輕鬆愉快地同到女兒家，住了幾天，又回到學部的陋室。因為在那間屋裏，鍾書查閱圖書資料特方便。校訂《管錐編》隨時需要查書，可立即解決問題。

《管錐編》是幹校回來後動筆的，在這間辦公室內完成初稿，是「文化大革命」時期的產物。有人責備作者不用白話而用文言，不用淺易的文言，而用艱深的文言。當時，不同年齡的各式紅衛兵，正逞威橫行。《管錐編》這類著作，他們容許嗎？鍾書乾脆叫他們看不懂。他不過是爭取說話的自由而已，他不用炫耀學問。

「嚶其鳴兮，求其友聲。」友聲可遠在千里之外，可遠在數十百年之後。鍾書是坐冷板凳的，他的學問也是冷門。他曾和我說：「有名氣就是多些不相知的人。」我們希望有幾個知己，不求有名有聲。

鍾書腳力漸漸恢復，工作之餘，常和我同到日壇公園散步。我們仍稱「探險」？因爲我們在一起，隨處都能探索到新奇的事。我們還像年輕時那麼興致好，對什麼都有興趣。

十五

一九七七年的一月間，忽有人找我到學部辦公處去。有個辦事人員交給我一串鑰匙，叫我去看房子，還備有汽車，讓我女兒陪我同去，並對我說：「如有人問，你就說『因爲你住辦公室』。」

我和女兒同去看了房子。房子就是我現在住的三里河南沙溝寓所。我們的年輕朋友得知消息，都爲我們高興。「眾神齊著力」，幫我們搬入新居，那天正是二月四日立春節。

鍾書擅「格物致知」，但是他對新居「格」來「格」去也不能「致知」，技窮了。我們猜了幾個人，又覺得不可能。「住辦公室」已住了兩年半，是誰讓我們搬到這所高級宿舍來的呀？

何其芳也是從領導變成朋友的。他帶著夫人牟決鳴同來看我們的新居。他最欣賞洗墩布的小間，也願有這麼一套房子。顯然，房子不是他給分的。

八月間，何其芳同志去世。他的追悼會上，胡喬木、周揚、夏衍等領導同志都出現了。「文化大革命」終於過去了。

阿瑗並不因地震而休假，她幫我們搬完家就回學校了。她婆家在東城西石槽，離我們稍遠。我們兩人住四間房，覺得很心虛，也有點寂寞。兩人收拾四個房間也費事。我們就把「阿姨」周奶奶接來同住。鍾書安閒地校訂他的《管錐編》，我也把《堂·吉訶德》的稿子重看一過，交給出版社。

十月間，胡喬木同志忽來訪，「請教」一個問題。他曾是英譯毛選委員會的上層領導，和鍾書雖是清華同學，同學沒多久，也不相識，胡也許只聽到錢鍾書狂傲之名。

鍾書翻譯毛選時，有一次指出原文有個錯誤。他堅持說：「孫猴兒從來未鑽入牛魔王腹中。」徐永煐同志請示上級，胡喬木同志調了全國不同版本的《西遊記》查看。鍾書沒有錯。孫猴兒是變作小蟲，給鐵扇公主吞入肚裏的；鐵扇公主也不能說是「龐然大物」。毛主席得把原文修改兩句。鍾書雖然沒有錯，他也夠「狂傲」的。喬木同志有一次不點名地批評他「服裝守舊」，因鍾書還穿長袍。

我們住辦公室期間，喬木同志曾寄過兩次治哮喘的藥方。鍾書承他關會，但無從道謝。這回，他忽然造訪，我們猜想房子該是他配給的吧？但是他一句也沒說到房子。

我們的新居共四間房，一間是我們夫婦的臥室，一間給阿瑗，一大間是我們的起居室或工作室，或稱書房，也充客廳，還有一間吃飯。周奶奶睡在吃飯間裏。周奶奶就是順姐，我家住學部時，她以親戚身分來我家幫忙，大家稱她周奶奶。她說，不愛睡吃飯間。她看中走廊，晚上把床鋪在走廊裏。

喬木同志偶來夜談，大門口卻堵著一只床。喬木同志後來問我們：房子是否夠住。我說：「始願不及此。」這就是我們謝他的話了。

周奶奶坦直說：「個人要自由呢。」她嫌我們晚間到她屋去倒開水喝。我們把熱水瓶挪入臥室，房子就夠住了。

喬木同志常來找鍾書談談說說，很開心。他開始還帶個警衛，後來把警衛留在樓下，一個人隨隨便便地來了。他談學術問題，談書，談掌故，什麼都談。鍾書是個有趣的人，喬木同志也有他的趣。他時常帶了夫人谷羽同志同來。到我們家來的喬木同志，不是什麼領導，不帶任何官職，他只是清華的老同學。雖然同學時期沒有相識，經過一個「文化大革命」，他大概是想起了清華的老同學而要和他相識。他找到鍾書，好像老同學重又相逢。

有一位喬木同志的相識對我們說：「胡喬木只把他最好的一面給你們看。」

我們讀書，總是從一本書的最高境界來欣賞和品評。我們使用繩子，總是從最薄弱的一段來斷定繩子的質量。坐冷板凳的書呆子，待人不妨像讀書般讀；政治家或企業家等也許得把人當作繩子使用。鍾書待喬木同志是把他當書讀。

有一位喬木同志的朋友說：「天下世界，最苦惱的人是胡喬木。因為他想問題，總是從第一度想起，直想到一百八十度，往往走到自己的對立面去，自相矛盾，苦惱不堪。」喬木同志想問題確會這樣認真負責。但是我覺得他到我家來，是放下了政治思想而休息一會兒。他是給自己放放假，所以非常愉快。他曾叫他女兒跟來照相。我這裏留著一張他癡笑的照片，不記得鍾書說了什麼話，他笑得那麼樂。

可是我們和他地位不同，身分不同。他可以不拿架子，我們卻知道自己的身分。他可以隨便來，我們決不能隨便去，除非是接我們去。我們只能「來而不往」。我們受到庇護，心上感激。但是鍾書所能報答的，只不過爲他修潤幾個文字而已。鍾書感到慚愧。

我譯完《堂・吉訶德》。外文所領導體諒我寫文章下筆即錯，所以讓「年輕人」代我寫序。可是出版社硬是要我本人寫序。稿子壓了一年也不發排。我並不懂生意經。稿子既然不付印，我就想討回稿子，以便隨時修改。據說這一來出版社要賠錢的。《堂・吉訶德》就沒有序文而出版了。後來喬木同志責備我爲什麼不用「文革」前某一篇文章爲序，我就把舊文修改了作爲序文。《堂・吉訶德》第二次印刷才有序文。

《管錐編》因有喬木同志的支持，出版社立即用繁體字排印。鍾書高興說：「《管錐編》和《堂・吉訶德》是我們最後的書了。你給我寫三個字的題簽，我給你寫四個字的題簽，咱們交換。」

我說：「你太吃虧了，我的字見得人嗎？」

他說：「留個紀念，好玩兒。隨你怎麼寫，反正可以不掛上你的名字。」我們就訂立了一個不平等條約。

我們的阿瑗周末也可以回到父母身邊來住住了。以前我們住的辦公室只能容他們小兩口來坐坐。

一九七八年她考取了留學英國的獎學金。她原是俄語系教師。俄語教師改習英語的時候，她就轉入英語系。她對我說：「媽媽，我考不取。人家都準備一學期了，我是因為有人臨時放棄名額，才補上了我，附帶條件是不能耽誤教課。我沒一點兒準備，能考上嗎？」可是她考取了。我們當然為她高興。

可是她出國一年，我們想念得好苦。一年後又增加一年，我們一方面願意她能多留學一年，一方面得忍受離別的滋味。

這段時期，鍾書和我各隨代表團出國訪問過幾次。鍾書每和我分離，必詳盡地記下所見所聞和思念之情。阿瑗回家後，我曾出國而他和阿瑗同在家，他也詳盡地記下家中瑣碎還加上阿瑗的評語附識。這種瑣瑣碎碎的事，我們稱為「石子」，比作潮退潮落滯留海灘上的石子。我們偶然出門一天半天，或阿瑗出差十天八天，回家必帶回大把小把的「石子」，相聚時搬出來觀賞玩弄。平時家居瑣瑣碎碎，如今也都成了「石子」，我把我家的「石子」選了一些附在【附錄三】。

我們只願日常相守，不願再出國。阿瑗一九九〇年又到英國訪問半年。她依戀父母，也不願再出國。她一次又一次在國內各地出差，在我都是牽心掛腸的離別。

一九八二年六月間，社科院人事上略有變動。文學所換了所長，鍾書被聘為文學所顧問，他力辭得免。那天晚上，他特別高興說：「無官一身輕，顧問雖小，也是個官。」

第二天早上，社科院召他去開會，有車來接。他沒頭沒腦地去了。沒料到喬木同志忽發奇想，要夏鼐、錢鍾書做社科院副院長，說是社科院學術氣氛不夠濃，要他們為社科院增添些兒學術氣氛。喬木同志先已和夏鼐同志談妥，對鍾書卻是突然襲擊。他說：「你們兩位看我老同學面上……。」夏鼐同志已應允，鍾書著急說，他沒有時間。喬木同志說：「一不要你坐班，二不要你畫圈，三不要你開會。」鍾書說：「我昨晚剛辭了文學所的顧問，人家會笑我『辭小就大』。」喬木同志說：「我擔保給你闢謠。」鍾書沒什麼說的，只好看老同學面上不再推辭。回家苦著臉對我訴說，我也只好笑他「這番捉將官裏去也」。

我有個很奇怪的迷信，認為這是老天爺對誣陷鍾書的某人開個玩笑。這個職位是他想望的，卻叫一個絕不想做副院長的人當上了。世上常有這等奇事。

鍾書對出國訪問之類，一概推辭了。社科院曾有兩次國際性的會議，一次是和美國學術代表團交流學術的會，一次是紀念魯迅的會。這兩個大會，他做了主持人。我發現鍾書辦事很能幹。他召開半小時的小會，就解決不少問題。他主持兩個大會，說話得體，也說得漂亮。

一年之後，他就向喬木同志提出辭職，說是「尸位素餐，於心不安」。喬木同志對我點著鍾書說：「不著一字，盡得風流。」辭職未獲批准。反正鍾書也只掛個空名，照舊領研究員的工資。他沒有辦公室，不用祕書，有車也不坐，除非到醫院看病。

三里河寓所不但寬適，環境也優美，阿瑗因這裏和學校近，她的大量參考書都在我們這邊，所以她也常住我們身邊，只周末回婆婆家去。而女婿的工作單位就在我們附近，可常來，很方便。

十六

自從遷居三里河寓所，我們好像跋涉長途之後，終於有了一個家，我們可以安頓下來了。

我們兩人每天在起居室靜靜地各據一書桌，靜靜地讀書工作。我們工作之餘，就在附近各處「探險」，或在院子裏來回散步。阿瑗回家，我們大家掏出一把又一把的「石子」把玩欣賞。阿瑗的石子最多。周奶奶也身安心閒，逐漸發福。

我們仨，卻不止三人。每個人搖身一變，可變成好幾個人。例如阿瑗小時才五六歲的時候，我三姐就說：「你們一家呀，圓圓頭最大，鍾書最小。」我的姐姐妹妹都認爲三姐說得對。阿瑗長大了，會照顧我，像姐姐；會陪我，像妹妹；會管我，像媽媽。阿瑗常說：「我和爸爸最『哥們』，我們是媽媽的兩個頑童，爸爸還不配做我的哥哥，只配做弟弟。」我又變爲最大的。鍾書是我們的老師。我和阿瑗都是好學生，雖然近在咫尺，我們如有問題，問一聲就能解決，可是我們決不打擾他，我們都勤查字典，到無法自己解決才發問。他可高大了。但是他穿衣吃飯，都需我們母女把他當孩子般照顧，他又很弱小。

他們兩個會聯成一幫向我造反，例如我出國期間，他們連床都不鋪，預知我將回來，趕忙整理。我回家後，阿瑗輕聲嘀咕：「狗窠眞舒服。」有時他們引經據典的淘氣話，我一時拐不過彎，他們得意說：「媽媽有點笨哦！」我的確是最笨的一個。我和女兒也會聯成一幫，笑爸爸是色盲，只識得紅、綠、黑、白四種顏色。其實鍾書的審美感遠比我強，但他不會正確地說出什麼顏色。我們會取笑鍾書的種種笨拙。也有時我們夫婦聯成一幫，說女兒是學究，是笨蛋，是傻瓜。

我們對女兒，實在很佩服。我說：「她像誰呀？」鍾書說：「愛教書，像爺爺；剛正，像外公。」她在大會上發言，敢說自己的話。她剛做助教，因參與編《英漢小詞典》（商務出版），當了代表，到外地開一個極左的全國性語言學大會。有人提出凡「女」字旁的字都不能用，大群左派都響應贊成。錢瑗是最小的小鬼，她說：「那麼，毛主席詞『寂寞嫦娥舒廣袖』怎麼說呢？」這個會上被貶得一文不值的大學者如丁聲樹、鄭易里等老先生都喜歡錢瑗。

錢瑗曾是教材評審委員會的審稿者。一次某校要找個認眞的審稿者，校方把任務交給錢瑗。她像獵狗般嗅出這篇論文是抄襲。她兩個指頭，和鍾書一模一樣地摘著書頁，稀里嘩啦地翻書，也和鍾書翻得一樣快，一下子找出了抄襲的原文。

一九八七年師大英語系與英國文化委員會合作建立中英英語教學專案（TEFL），錢瑗是建立這個項目的人，也是負責人。在一般學校裏，外國專家往往是權威。一次師大英語系新聘的英國專家對錢瑗說，某門課他打算如此這般教。錢瑗說不行，她指示該怎麼教。那位專家不服。據阿瑗形容：「他一雙碧藍的眼睛骨碌碌地看著我，像貓。」錢瑗帶他到圖書室去，把他該參考的書一一拿給他看。這位專家想不到師大圖書館竟有這些高深的專著。學期終了，他到我們家來，對錢瑗說：「Yuan, you worked me hard.」但是他承認「得益不淺」。師大外國專家的成績是錢瑗評定的。

我們眼看著女兒在成長，有成就，心上得意。可是我們的「尖兵」每天超負荷地工作——據學校的評價，她的工作量是百分之二百，我覺得還不止。她爲了愛護學生，無限量地加重負擔。例如學生的畢業論文，她常常改了又責令重做。我常問她：「能偷點兒懶嗎？能別這麼認眞嗎？」她總搖頭。我只能暗暗地在旁心疼。

阿瑗是我生平傑作，鍾書認爲「可造之材」，我公公心目中的「讀書種子」。她上高中學背糞桶，大學下鄉下廠，畢業後又下放四清，九蒸九焙，卻始終只是一粒種子，只發了一點芽芽。做父母的，心上不能舒坦。

鍾書的小說改爲電視劇，他一下子變成了名人。許多人慕名從遠地來，要求一睹錢鍾書的風采。他不願做動物園裏的稀奇怪獸，我只好守住門爲他擋客。

他每天要收到許多不相識者的信。我曾請教一位大作家對讀者來信是否回覆。據說他每天收到大量的信，怎能一一回覆呢。但鍾書每天第一事是寫回信，他稱「還債」。他下筆快，一會兒就把「債」還「清」。這是他對來信者一個禮貌性的答謝。但是債總還不清；今天還了，明天又欠。這些信也引起意外的麻煩。

他並不求名，卻躲不了名人的煩憂和煩惱。假如他沒有名，我們該多麼清靜！

人世間不會有小說或童話故事那樣的結局：「從此，他們永遠快快活活地一起過日子。」

人間沒有單純的快樂。快樂總夾帶著煩惱和憂慮。

人間也沒有永遠。我們一生坎坷，暮年才有了一個可以安頓的居處。但老病相催，我們在人生道路上已走到盡頭了。

周奶奶早已因病回家。鍾書於一九九四年夏住進醫院。我每天去看他，爲他送飯，送菜，送湯湯水水。阿瑗於一九九五年冬住進醫院，在西山腳下。我每晚和她通電話，每星期去看她。但醫院相見，只能匆匆一面。三人分居三處，我還能做一個聯絡員，經常傳遞消息。

一九九七年早春，阿瑗去世。一九九八年歲末，鍾書去世。我們三人就此失散了。就這麼輕易地失散了。「世間好物不堅牢，彩雲易散琉璃脆」。現在，只剩下了我一人。

我清醒地看到以前當作「我們家」的寓所，只是旅途上的客棧而已。家在哪裏，我不知道。我還在尋覓歸途。

附錄I：寫《圍城》的錢鍾書

要認識作者，還是得認識他本人，最好從小時候起。

鍾書一出世就由他伯父抱去撫養，因爲伯父沒有兒子。據錢家的「墳上風水」，不旺長房旺小房；長房往往沒有子息，便有，也沒出息，伯父就是「沒出息」的長子。他比鍾書的父親大十四歲，二伯父早亡，他父親行三，叔父行四，兩人是同胞雙生，鍾書是長孫，出嗣給長房。伯父爲鍾書連夜冒雨到鄉間物色得一個壯健的農婦；她是寡婦，遺腹子下地就死了，是現成的好奶媽（鍾書稱爲「姆媽」）。姆媽一輩子幫在錢家，中年以後，每年要呆呆的發一陣子獃，家裏人背後稱爲「癡姆媽」。她在鍾書結婚前特地買了一只翡翠鑲金戒指，準備送我做見面禮。有人哄她那是假貨，把戒指騙去，姆媽氣得大發瘋，不久就去世了，我始終沒見到她。

鍾書自小在大家庭長大，和堂兄弟的感情不輸親兄弟。親的、堂的兄弟共十人，鍾書居長。眾兄弟間，他比較稚鈍，孜孜讀書的時候，對什麼都沒個計較，放下書本，又全沒正經，好像有大量多餘的興致沒處寄放，專愛胡說亂道。錢家人愛說他吃了癡姆媽的奶，有「癡氣」。我們無錫人所謂「癡」，包括很多意義：瘋、傻、憨、稚氣、癡氣、淘氣等等。他父母有時說他「癡顛不拉」、「癡巫作法」、「嘸著嘸落」（「著三不著兩」的意思——我不知正確的文字，只按鄉音寫）。他確也不像他母親那樣沉默寡言、嚴肅謹慎，也不像他父親那樣一本正經。他母親常抱怨他父親「憨」。也許鍾書的「癡氣」和他父親的憨厚正是一脈相承的。我曾看過他們家的舊照片。他的弟弟都精精壯壯，唯他瘦弱，善眉善眼的一副忠厚可憐相。想來那時候的「癡氣」只是稚氣、騃氣，還不會淘氣呢。

鍾書周歲「抓周」，抓了一本書，因此取名「鍾書」。他出世那天，恰有人送來一部《常州先哲叢書》，伯父已為他取名「仰先」，字「哲良」。可是周歲有了「鍾書」這個學名，「仰先」就成為小名，叫作「阿先」。但「先兒」、「先哥」好像「亡兒」、「亡兄」，「先」字又改為「宣」，他父親仍叫他「阿先」。（他父親把鍾書寫的家信一張張貼在本子上，有厚厚許多本，親手貼上題簽「先兒家書㈠㈡㈢……」；我還看到過那些本子和上面貼的信。）伯父去世後，他父親因鍾書愛胡說亂道，為他改字「默存」，叫他少說話的意思。鍾書對我說：「其實我喜歡『哲良』，又哲又良——我閉上眼睛，還能看到伯伯給我寫在練習簿上的

『哲良』。」這也許因爲他思念伯父的緣故。我覺得他確是又哲又良，不過他「癡氣」盎然的胡說亂道，常使他不哲不良——假如淘氣也可算不良。「默存」這個號顯然沒有起克制作用。

伯父「沒出息」，不得父母歡心，原因一半也在伯母。伯母娘家是江陰富戶，做顏料商發財的，有七八隻運貨的大船。鍾書的祖母娘家是石塘灣孫家，官僚地主，一方之霸。婆媳彼此看不起，也影響了父子的感情。伯父中了秀才回家，進門就挨他父親一頓打，說是「殺殺他的勢氣」；因爲鍾書的祖父雖然有兩個中舉的哥哥，他自己也不過是個秀才。鍾書不到一歲，祖母就去世了。祖父始終不喜歡大兒子，鍾書也是不得寵的孫子。

鍾書四歲（我紀年都用虛歲，因爲鍾書只記得虛歲，而鍾書是陽曆十一月下旬生的，所以周歲當減一歲或二歲）由伯父教他識字。伯父是慈母一般，鍾書成天跟著他。伯父上茶館，聽說書，鍾書都跟去。他父親不便干涉，又怕慣壞了孩子，只好建議及早把孩子送入小學。鍾書六歲入秦氏小學。現在他看到人家大講「比較文學」，就記起小學裏造句：「狗比貓大，牛比羊大」；有個同學比來比去，只是「狗比狗大，狗比狗小」，挨了老師一頓罵。他上學不到半年，生了一場病，伯父捨不得他上學，藉此讓他停學在家。他七歲，和比他小半歲的堂弟鍾韓同在親戚家的私塾附學，他念《毛詩》，鍾韓念《爾雅》。但附學不便，一年後他和鍾韓都在家由伯父教。伯父對鍾書的父親和叔父說：「你們兩兄弟都是我啓蒙的，我還教不了他們？」父親和叔父當然不敢反對。

其實鍾書的父親是由一位族兄啓蒙的。祖父認爲鍾書的父親笨，叔父聰明，而伯父的文筆不頂好。叔父反正聰明，由伯父教也無妨；父親笨，得請一位文理較好的族兄來教。那位族兄嚴厲得很，鍾書的父親挨了不知多少頓痛打。伯父心疼自己的弟弟，求了祖父，讓兩個弟弟都由他教。鍾書的父親挨了族兄的痛打一點不抱怨，卻別有領會。他告訴鍾書：「不知怎麼的，有一天忽然給打得豁然開通了。」

鍾書和鍾韓跟伯父讀書，只在下午上課。他父親和叔父都有職業，家務由伯父經管。每天早上，伯父上茶館喝茶，料理雜務，或和熟人聊天。鍾書總跟著去。伯父花一個銅板給他買一個大酥餅吃（據鍾書比給我看，那個酥餅有飯碗口大小，不知是真有那麼大，還是小兒心目中的餅大）；又花兩個銅板，向小書鋪子或書攤租一本小說給他看。家裏的小說只有《西遊記》、《水滸》、《三國演義》等正經小說。鍾書在家裏已開始囫圇吞棗地閱讀這類小說，把「獃子」讀如「豈子」，也不知《西遊記》裏的「獃子」就是豬八戒。書攤上租來的《說唐》、《濟公傳》、《七俠五義》之類是不登大雅的，家裏不藏。鍾書吃了酥餅就孜孜看書，直到伯父叫他回家。回家後便手舞足蹈向兩個弟弟演說他剛看的小說：李元霸或裴元慶或楊林（我記不清）一錘子把對手的槍打得彎彎曲曲等等。他納悶兒的是，一條好漢只能在一本書裏稱雄。關公若進了《說唐》，他的青龍偃月刀只有八十斤重，怎敵得李元霸的那一對八百斤重的錘頭子；李元霸若進了《西游記》，怎敵得過孫行者的一萬三千斤的金箍棒（我們在牛津時，他和我講哪條好漢使哪種兵器，重多少斤，歷歷如數家珍）。妙的是他能把各件兵器的斤兩記得爛熟，卻連阿拉伯數字的1、2、3都不認識。鍾韓下學回家有自己的父親教，伯父和鍾書卻是「老鼠哥哥同年伴兒」。伯父用繩子從高處掛下一團棉花，教鍾書上、下、左、右打那團棉花，說是打「棉花拳」，可以練軟功。伯父愛喝兩口酒。他手裏沒多少錢，只能買些便宜的熟食如醬豬舌之類下酒，哄鍾書那是「龍肝鳳髓」，鍾書覺得其味無窮。至今他喜歡用這類名稱，譬如洋火腿在我家總稱爲「老虎肉」。他父親不敢得罪哥哥，只好伺機把鍾書抓去教他數學；教不會，發狠要打又怕哥哥聽見，只好擰肉，不許鍾書哭。鍾書身上一塊青、一塊紫，晚上脫掉衣服，伯父發現了不免心疼氣惱。鍾書和我講起舊事，對父親的著急不勝同情，對伯父的氣惱也不勝同情，對自己的忍痛不敢哭當然也同情，但回憶中只覺得滑稽又可憐。我笑說：痛打也許能打得「豁然開通」，擰，大約是把竅門擰塞了。鍾書考大學，數學只考得十五分。

鍾書小時候最樂的事是跟伯母回江陰的娘家去；伯父也同去（堂姊已出嫁）。他們往往一住一兩個月。伯母家有個大莊園，鍾書成天跟著莊客四處田野裏閒逛。他常和我講田野的景色。一次大雷雨後，河邊樹上掛下一條大綠蛇，據說是天雷打死的。伯母娘家全家老少都抽大煙，後來伯父也抽上了。鍾書往往半夜醒來，跟著伯父伯母吃半夜餐。當時快樂得很，回無錫的時候，吃足玩夠，還穿著外婆家給做的新衣。可是一回家他就擔憂，知道父親要盤問功課，少不了挨打。父親不敢當著哥哥管教鍾書，可是抓到機會，就著實管教，因為鍾書不但荒了功課，還養成不少壞習氣，如晚起晚睡、貪吃貪玩等。

一九一九年秋天，我家由北京回無錫。我父母不想住老家，要另找房子。親友介紹了一處，我父母去看房子，帶了我同去。鍾書家當時正租居那所房子。那是我第一次上他們錢家的門，只是那時兩家並不相識。我記得母親說，住在那房子裏的一位女眷告訴她，搬進以後，沒離開過藥罐兒。那所房子我家沒看中；錢家雖然嫌房子陰暗，也沒有搬出。他們五年後才搬入七尺場他們家自建的新屋。我記不起那次看見了什麼樣的房子或遇見了什麼人，只記得門口下車的地方很空曠，有兩棵大樹；很高的白粉牆，粉牆高處有一個個砌著鏤空花的方窗洞。鍾書說我記憶不錯，還補充說，門前有個大照牆，照牆後有一條河從門前流過。他說，和我母親說話的大約是嬸母，因為叔父嬸母住在最外一進房子裏，伯父伯母和他住中間一進，他父母親伺奉祖父住最後一進。

我女兒取笑說：「爸爸那時候不知在哪兒淘氣呢。假如那時候爸爸看見媽媽那樣的女孩子，準摳些鼻牛來彈她。」鍾書因此記起舊事說，有個女裁縫常帶著個女兒到他家去做活；女兒名寶寶，長得不錯，比他大兩三歲。他和鍾韓一次抓住寶寶，把她按在大廳隔扇上，鍾韓拿一把削鉛筆的小腳刀作勢刺她。寶寶大哭大叫，由大人救援得免。兄弟倆覺得這番勝利當立碑紀念，就在隔扇上刻了「刺寶寶處」四個字。鍾韓手巧，能刻字，但那四個字未經簡化，刻來煞是費事。這大概是頑童剛開始「知慕少艾」的典型表現。後來房子退租的時候，房主提出賠償損失，其中一項就是隔扇上刻的那四個不成形的字，另一項是鍾書一人幹的壞事，他在後園「挖人參」，把一棵玉蘭樹的根刨傷，那棵樹半枯了。

鍾書十一歲，和鍾韓同考取東林小學一年級，那是四年制的高等小學。就在那年秋天，伯父去世。鍾書還未放學，經家人召回，一路哭著趕回家去，哭叫「伯伯」，伯父已不省人事。這是他生平第一次遭受的傷心事。

伯父去世後，伯母除掉長房應有的月錢以外，其他費用就全由鍾書父親負擔了。伯母娘家敗得很快，兄弟先後去世，家裏的大貨船逐漸賣光。鍾書的學費、書費當然有他父親負擔，可是學期中間往往添買新課本，鍾書沒錢買，就沒有書；再加他小時候貪看書攤上伯父爲他租的小字書，看壞了眼睛，坐在教室後排，看不見老師黑板上寫的字，所以課堂上老師講什麼，他茫無所知。練習簿買不起，他就用伯父生前親手用毛邊紙、紙捻子爲他釘成的本子，老師看了直皺眉。練習英文書法用鋼筆。他在開學的時候有一支筆杆、一個鋼筆尖，可是不久筆尖撅斷了頭。同學都有許多筆尖，他只有一個，斷了頭就沒法寫了。他居然急中生智，把毛竹筷削尖了頭蘸著墨水寫，當然寫得一塌糊塗，老師簡直不願意收他的練習簿。

我問鍾書爲什麼不問父親要錢。他說，從來沒想到過。有時伯母叫他向父親要錢，他也不說。伯母抽大煙，早上起得晚，鍾書由伯母的陪嫁大丫頭熱些餿粥吃了上學。他同學、他弟弟都穿洋襪，他還穿布襪，自己覺得腳背上有一條拼縫很刺眼，只希望穿上棉鞋可遮掩不見。雨天，同學和弟弟穿皮鞋，他穿釘鞋，而且是伯伯的釘鞋，太大，鞋頭塞些紙團。一次雨天上學，路上看見許多小青蛙滿地蹦跳，覺得好玩，就脫了鞋捉來放在鞋裏，抱著鞋光腳上學；到了教室裏，把盛著小青蛙的釘鞋放在抬板桌下。上課的時候，小青蛙從鞋裏出來，滿地蹦跳。同學都忙著看青蛙，竊竊笑樂。老師問出因由，知道青蛙是從鍾書鞋裏出來的，就叫他出來罰立。有一次他上課玩彈弓，用小泥丸彈人。中彈的同學嚷出來，老師又叫他罰立。可是他混混沌沌，並不覺得羞慚。他和我講起舊事常說，那時候幸虧糊塗，也不覺得什麼苦惱。

鍾書跟我講，小時候大人哄他說，伯母抱來一個南瓜，成了精，就是他；他眞有點兒怕自己是南瓜精。那時候他伯父已經去世，「南瓜精」是舅媽、姨媽等晚上坐在他伯母鴉片榻畔閒談時逗他的，還正色囑咐他切莫告訴他母親。鍾書也懷疑是哄他，可是眞有點擔心。他自說混沌，恐怕是事實。這也是家人所謂「癡氣」的表現之一。

他有些混沌表現，至今依然如故。例如他總記不得自己的生年月日。小時候他不會分辨左右，好在那時候穿布鞋，不分左右腳。後來他和鍾韓同到蘇州上美國教會中學的時候，穿了皮鞋，他仍然不分左右亂穿。在美國人辦的學校裏，上體育課也用英語喊口號。他因爲英文好，當上了一名班長。可是嘴裏能用英語喊口號，兩腳卻左右不分；因此只當了兩個星期的班長就給老師罷了官，他也如釋重負。他穿內衣或套脖的毛衣，往往前後顚倒，衣服套在脖子上只顧前後掉轉，結果還是前後顚倒了。或許這也是錢家人說他「癡」的又一表現。

鍾書小時最喜歡玩「石屋裏的和尙」。我聽他講得津津有味，以爲是什麼有趣的遊戲；原來只是一人盤腿坐在帳子裏，放下帳門，披著一條被單，就是「石屋裏的和尙」。我不懂那有什麼好玩。他說好玩得很；晚上伯父伯母叫他早睡，他不肯，就玩「石屋裏的和尙」，玩得很樂。所謂「玩」，不過是一個人盤腿坐著自言自語。小孩自言自語，其實是出聲的想像。我問他是否編造故事自娛，他卻記不得了。這大概也算是「癡氣」吧。

鍾書上了四年高小，居然也畢業了。鍾韓成績斐然，名列前茅；他只是個癡頭傻腦、沒正經的孩子。伯父在世時，自愧沒出息，深怕「墳上風水」連累了嗣給長房的鍾書。原來他家祖墳下首的一排排樹高大茂盛，上首的細小萎弱。上首的樹當然就代表長房了。伯父一次私下花錢向理髮店買了好幾斤頭髮，叫一個佃戶陪著，悄悄帶著鍾書同上祖墳去，把頭髮埋在上首幾排樹的根旁。他對鍾書說，要叫上首的樹榮盛，「將來你做大總統。」那時候鍾書才七八歲，還不懂事，不過多少也感覺到那是伯父背著人幹的私心事，所以始終沒向家裏任何別人講過。他講給我聽的時候，語氣中還感念伯父對他的愛護，也驚奇自己居然有心眼爲伯父保密。

鍾書十四歲和鍾韓同考上蘇州桃塢中學（美國聖公會辦的學校）。父母爲他置備了行裝，學費書費之外，還有零用錢。他就和鍾韓同往蘇州上學，他功課都還不錯，只算數不行。

那年①他父親到北京清華大學任教，寒假沒回家。鍾書寒假回家沒有嚴父管束，更是快活。他借了大批的《小說世界》、《紅玫瑰》、《紫蘿蘭》等刊物恣意閱讀。暑假他父親歸途阻塞，到天津改乘輪船，輾轉回家，假期已過了一半。他父親回家第一事是命鍾書鍾韓各做一篇文章；鍾韓的一篇頗受誇讚，鍾書的一篇不文不白，用字庸俗，他父親氣得把他痛打一頓，鍾書忍笑向我形容他當時的窘況：家人都在院子裏乘涼，他一人還在大廳上，挨了打又痛又羞，嗚嗚地哭。這頓打雖然沒有起「豁然開通」的作用，卻也激起了發憤讀書的志氣。鍾書從此用功讀書，作文大有進步。他有時不按父親教導的方法作古文，嵌些駢驪，倒也受到父親讚許。他也開始學著作詩，只是並不請教父親。一九二七年桃塢中學停辦，他和鍾韓同考入美國聖公會辦的無錫輔仁中學，鍾書就經常有父親管教，常為父親代筆寫信，由口授而代寫，由代寫信而代作文章。鍾書考入清華之前，已不復挨打而是父親得意的兒子了。一次他代父親為鄉下某大戶作了一篇墓誌銘。那天午飯時，鍾書的姆媽聽見他父親對他母親稱讚那篇文章，快活得按捺不住，立即去通風報信，當著他伯母對他說：「阿大啊，爹爹稱讚你呢！說你文章做得好！」鍾書是第一次聽到父親稱讚，也和姆媽一樣高興，所以至今還記得清清楚楚。那時商務印書館出版錢穆的一本書，上有鍾書父親的序文。據鍾書告訴我，那是他代寫的，一字沒有改動。

我常見鍾書寫客套信從不起草，提筆就寫，八行箋上，幾次抬頭，寫來恰好八行，一行不多，一行不少。鍾書說，那都是他父親訓練出來的，他額角上挨了不少「爆栗子」呢。

鍾書二十歲伯母去世。那年他考上清華大學，秋季就到北京上學。他父親收藏的「先兒家書」是那時候開始的。他父親身後，鍾書才知道父親把他的每一封信都貼在本子上珍藏。信寫得非常有趣，對老師、同學都有生動的描寫。可惜鍾書所有的家書（包括寫給我的），都由「回祿君」收集去了。

鍾書在清華的同班同學饒餘威一九六八年在新加坡或台灣寫了一篇〈清華的回憶〉②，有一節提到鍾書：「同學中我們受錢鍾書的影響最大。他的中英文造詣很深，又精於哲學及心理學，終日博覽中西新舊書籍，最怪的是上課時從不記筆記，只帶一本和課堂無關的閒書，一面聽講一面看自己的書，但是考試時總是第一，他自己喜歡讀書，也鼓勵別人讀書。……」據鍾書告訴我，他上課也帶筆記本，只是不作筆記，卻在本子上亂畫。現在美國的許振德君和鍾書是同系同班，他最初因鍾書奪去了班上的第一名，曾想揍他一頓出氣，因爲他和鍾書同學之前，經常是名列第一的。一次偶有個不能解決的問題，鍾書向他講解了，他很感激，兩人成了朋友，上課常同坐在最後一排。許君上課時注意一女同學，鍾書就在筆記本上畫了一系列的《許眼變化圖》，在同班同學裏頗爲流傳，鍾書曾得意地畫給我看。一年前許君由美國回來，聽鍾書說起《許眼變化圖》還忍不住大笑。

鍾書小時候，中藥房賣的草藥每一味都有兩層紙包裹：外面一張白紙，裡面一張印著藥名和藥性。每服一副藥可攢下一疊包藥的紙。這種紙乾淨、吸水，鍾書大約八、九歲左右常用包藥紙來臨摹他伯父藏的《芥子園畫譜》，或印在《唐詩三百首》裏的「詩中之畫」。他爲自己想出一個別號叫「項昂之」——因爲他佩服項羽，「昂之」是他想像中項羽的氣概。他在每幅畫上揮筆署上「項昂之」的大名，得意非凡。他大約常有「項昂之」的興趣，只恨不善畫。他曾央求當時在中學讀書的女兒爲他臨摹過幾幅有名的西洋淘氣畫，其中一幅是《魔鬼臨去遺臭圖》（圖名是我杜撰），魔鬼像吹喇叭似的後部撒著氣逃跑，畫很妙。上課畫《許眼變化圖》，央女兒代摹《魔鬼遺臭圖》，想來也都是「癡氣」的表現。

鍾書在他父親的教導下「發憤用功」，其實他讀書還是出於喜好，只似饞嘴佬貪吃美食：食腸很大，不擇精粗，甜鹹雜進。極俗的書他也能看得哈哈大笑。戲曲裏的插科打諢，他不僅且看且笑，還一再搬演，笑得打跌。精微深奧的哲學、美學、文藝理論等大部著作，他像小兒吃零食那樣吃了又吃，厚厚的書一本本漸次吃完，詩歌更是他喜好的讀物。重得拿不動的大字典、辭典、百科全書等，他不僅挨著字母逐條細讀，見了新版本，還不嫌其煩地把新條目增補在舊書上。他看書常做些筆記。

我只有一次見到他苦學。那是在牛津，他提出論文題之前，須學習古文書學（Paleography），要能辨認十一世紀以來的各式古文字。他毫無興趣，考試之前只好硬記，因此每天讀一本偵探小說「休養腦筋」，「休養」得睡夢中手舞腳踢，不知是捉拿兇手，還是自己做了兇手和警察打架。結果考試不及格，只好暑假後補考。這件補考的事，《圍城》英譯本〈導言〉裏也提到。鍾書一九七九年訪美，該譯本出版家把譯本的〈導言〉給他過目，他讀到這一段又驚又笑，想不到調查這麼精密。後來胡志德（Theodore Huters）君來見，才知道是他向鍾書在牛津時的同窗好友Donald Stuart打聽來的。胡志德一九八二年出版的《錢鍾書》裏把這件事卻刪去了③。

鍾書的「癡氣」書本裏灌注不下，還洋溢出來。我們在牛津時，他午睡，我臨帖，可是一個人寫寫字睏上來，便睡著了。他醒來見我睡了，就飽蘸濃墨，想給我畫個花臉。可是他剛落筆我就醒了。他沒想到我的臉皮比宣紙還吃墨，洗淨墨痕，臉皮像紙一樣快洗破了，以後他不再惡作劇，只給我畫了一幅肖像，上面再添上眼鏡和鬍子，聊以過癮。回國後他暑假回上海，大熱天女兒熟睡（女兒還是娃娃呢），他在她肚子上畫一個大臉，挨他母親一頓訓斥，他不敢再畫。淪陷在上海的時候，他多餘的「癡氣」往往發洩在叔父的小兒小女、孫兒孫女和自己的女兒阿圓身上。這一串孩子挨肩兒的都相差兩歲，常在一起玩。有些語言在「不文明」或「臭」的邊緣上，他們很懂事似的注意避忌。鍾書變著法兒，或作手勢，或用切口，誘他們說出來，就賴他們說「壞話」。於是一群孩子圍著他吵呀，打呀，鬧個沒完。他雖然挨了圍攻，還儼然以勝利者自居。他逗女兒玩，每天臨睡在她被窩裏埋置「地雷」，埋得一層深入一層，把大大小小的各種玩具、鏡子、刷子，甚至硯台或大把的毛筆都埋進去，等女兒驚叫，他就得意大樂。女兒臨睡必定小心搜查一遍，把被裏的東西一一取出。鍾書恨不得把掃帚、畚箕都塞入女兒被窩，博取一遭意外的勝利。這種玩意兒天天玩也沒多大意思，可是鍾書百玩不厭。

他又對女兒說，《圍城》裏有個醜孩子，就是她。阿圓信以爲眞，卻也並不計較。他寫了一個開頭的《百合心》裏，有個女孩子穿一件紫紅毛衣，鍾書告訴阿圓那是個最討厭的孩子，也就是她。阿圓大上心事，怕爸爸冤枉她，每天找他的稿子偷看，鍾書就把稿子每天換個地方藏起來。一個藏，一個找，成了捉迷藏式的遊戲。後來連我都不知道稿子藏到哪裏去了。

鍾書的「癡氣」也怪別致的。他很認眞地跟我說：「假如我們再生一個孩子，說不定比阿圓好，我們就要喜歡那個孩子了，那我們怎麼對得起阿圓呢。」提倡一對父母生一個孩子的理論，還從未講到父母爲了用情專一而只生一個。

解放後，我們在清華養過一隻很聰明的貓。小貓初次上樹，不敢下來，鍾書設法把牠救下。小貓下來後，用爪子輕輕軟軟地在鍾書腕上一搭，表示感謝。我們常愛引用西方諺語：「地獄裏盡是不知感激的人。」小貓知感，鍾書說牠有靈性，特別寶貝。貓兒長大了，半夜和別的貓兒打架。鍾書特備長竹竿一枝，倚在門口，不管多冷的天，聽見貓兒叫鬧，就急忙從熱被窩裏出來，拿了竹竿趕出去幫自己的貓兒打架。和我們家那貓兒爭風打架的情敵之一是緊鄰林徽因女士的寶貝貓，她稱爲她一家人的「愛的焦點」。我常怕鍾書爲貓而傷了兩家和氣，引用他自己的話說：「打狗要看主人面，那麼，打貓要看主婦面了！」（《貓》的第一句），他笑說：「理論總是不實踐的人制定的。」

錢家人常說鍾書「癡人有癡福」。他作爲書癡，倒眞是有點癡福。供他閱讀的書，好比富人「命中的祿食」那樣豐足，會從各方面源源供應（除了下放期間，他只好「反芻」似的讀讀自己的筆記和攜帶的字典）。新書總會從意外的途徑到他手裏。他只要有書可讀，別無營求。這又是家人所謂「癡氣」的另一表現。

鍾書和我父親詩文上有同好，有許多共同的語言。鍾書常和我父親說些精緻典雅的淘氣話，相與笑樂。一次我父親問我：「鍾書常那麼高興嗎？」「高興」也正是錢家所謂「癡氣」的表現。

我認爲《管錐編》、《談藝錄》的作者是個好學深思的鍾書，《槐聚詩存》的作者是個「憂世傷生」的鍾書，《圍城》的作者呢，就是個「癡氣」旺盛的鍾書。我們倆日常相處，他常愛說些癡話，說些傻話，然後再加上創造，加上聯想，加上誇張，我常能從中體味到《圍城》的筆法。我覺得《圍城》裏的人物和情節，都憑他那股子癡氣，呵成了眞人實事。可是他畢竟不是個不知世事的癡人，也畢竟不是對社會現象漠不關心，所以小說裏各個細節雖然令人捧腹大笑，全書的氣氛，正如小說結尾所說：「包涵對人生的諷刺和傷感，深於一切語言、一切啼笑」，令人迴腸盪氣。

鍾書寫完了《圍城》，「癡氣」依然旺盛，但是沒有體現爲第二部小說。一九五七年春，「大鳴大放」正值高潮，他的《宋詩選注》剛脫稿，因父病到湖北省親，路上寫了〈赴鄂道中〉五首絕句，現在引錄三首：「晨書暝寫細評論，詩律傷嚴敢市恩。碧海掣鯨閒此手，祇教疏鑿別清渾。」「奕棋轉燭事多端，飲水差知等暖寒。如膜妄心應褪淨，夜來無夢過邯鄲。」「駐車清曠小徘徊，隱隱遙空碾懣雷。脫葉猶飛風不定，啼鳩忽噤雨將來。」後兩首寄寓他對當時情形的感受，前一首專指《宋詩選注》而說，點化杜甫和元好問的名句（「或看翡翠蘭苕上，未掣鯨魚碧海中」；「誰是詩中疏鑿手，暫教涇渭各清渾」）。據我了解，他自信還有寫作之才，卻只能從事研究或評論工作，從此不但口「噤」，而且不興此念了。《圍城》重印後，我問他想不想再寫小說。他說：「興致也許還有，才氣已與年俱減。要想寫作而沒有可能，那只會有遺恨；有條件寫作而寫出來的不成東西，那就只有後悔了。遺恨裏還有哄騙自己的餘地，後悔是你所學的西班牙語裏所謂『面對眞理的時刻』，使不得一點兒自我哄騙、開脫、或寬容的，味道不好受。我寧恨毋悔。」這幾句話也許可作〈《圍城》重印前記〉的箋注吧。

我自己覺得年紀老了；有些事，除了我們倆，沒有別人知道。我要乘我們夫婦都健在，一一記下。如有錯誤，他可以指出，我可以改正。《圍城》裏寫的全是捏造，我所記的卻全是事實。

註釋

①「那年」指一九二五年，參看《清華周刊》三五七七期（一九二五年九月十一日出版）。下文「寒假」是一九二五—二六年冬，「暑假」是一九二六年夏。

②《清華大學第五級畢業五十周年紀念冊》（一九八四年出版）轉載此文，饒君已故。）

③鍾書記錯了，我翻閱此書，這件事並未刪去。

附錄II：錢鍾書離開西南聯大的實情

一九三九年暑假，鍾書由昆明西南聯大回上海探親，打算過完暑假就回校。可是暑假沒過多久，他就接到他父親來信，說自己年老多病，遠客他鄉，思念兒子，又不能回滬，當時他父親的老友廖茂如先生在湖南藍田建立師範學院，要他父親幫忙，他父親就在藍田師範任職，並安排鍾書到藍田師範當英文系主任，鍾書可陪侍父親，到下一年暑假，父子倆可結伴同回上海，鍾書的母親、弟弟、妹妹，連同叔父，都認爲這是天大好事。有鍾書陪侍他父親，他們都可放心；鍾書由他父親安排，還得了系主任的美差，這不就完善得「四角俱全」了嗎？鍾書不是不想念父親，但是清華破格聘他爲教授，他正希望不負母校師長的期望，好好幹下去。他工作才一年，已經接了下一年的聘書，怎能「跳槽」到藍田去當系主任呢？他又不想當什麼系主任，即便鍾書這麼汲汲「向上爬」，也不致愚蠢得不知國立清華大學和湖南藍田師範的等差。不論從道義或功利出發，鍾書絕沒有理由捨棄清華而到藍田師院去。鍾書沒有隱瞞他的爲難。可是家裏人誰也不理睬，誰也不說一句話，只是全體一致，認爲他當然得到藍田去，全體一致保持嚴肅的沉默。鍾書從小到大，從不敢不聽父親的話（儘管學術上提出異議）。他確也不忍拂逆老父的心願。我自己的父親很「民主」，從不「專孩子的政」，可是我們做兒女的也從不敢違逆父親。現代的青年人，恐怕對這點不太瞭解了。鍾書表示爲難，已有倔強之嫌，他畢竟不敢違抗父命。他父親爲師院聘請的人，已陸續來找鍾書。他父親已安排停當：找這人那人，辦這事那事。鍾書在家人的壓力下，不能不合作。可是就此捨棄清華，我們倆都覺得很不願意。

我們原先準備同度一個愉快的暑假，沒想到半個暑假只在抗衡不安中過去。拖延到九月中旬，鍾書只好寫信給西南聯大外文系主任葉公超先生，說他因老父多病，需他陪侍，這學年不能到校上課了。（參看《吳宓日記》第Ⅶ冊74頁，「1939年9月21日，8:30回舍，接超『葉公超』片約，即至其宅，悉因錢鍾書辭職別就，並談商系中他事。」）鍾書沒有給梅校長寫信辭職，因爲私心希望下一年暑假陪他父親回上海後重返清華。

葉公超先生沒有任何答覆。我們等著等著，不得回音，我想清華的工作已辭掉。十月十日或十一日，鍾書在無可奈何的心情下，和藍田師院聘請的其他同事結伴離開上海，同往湖南藍田。他剛走一兩天，我就收到沈茀齋先生（梅校長的祕書長，也是我的堂姐夫）來電，好像是責問的口氣，怪鍾書不回覆梅校長的電報，我莫名其妙。梅校長並沒來什麼電報呀！我趕緊給茀齋哥回了電報，說沒收到梅校長的電報，鍾書剛剛走。同時我立即寫信告訴鍾書梅校長發來電報，並附去茀齋哥的電報。信寄往藍田書院。

我曾在報紙上看到有人發表錢鍾書致梅貽琦和沈履（即沈茀齋）信，我沒見到過鍾書這兩封信，值得重抄一遍。錢鍾書致沈履信如下：

> 茀齋哥道察：十月中旬去滬入湘，道路阻艱，行李繁重，萬苦千辛，非言可盡，行三十四日方抵師院，皮骨僅存，心神交瘁，因之臥病，遂闕音書。十四日得季康書云，公有電相致，云雖赴湘亦速覆梅電云云，不勝驚怵。不才此次之去滇，實為一有始無終之小人。此中隱情，不堪為外人道。老父多病，思子欲痗，遂百計強不才來，以便明夏同歸。其實情如此，否則雖茂如相邀，未必遽應。當時便思上函梅公，而怯於啓齒。至梅公賜電，實未收到，否則斷無不覆之理。向滇局一查可知也。千差萬錯，增我之罪。靜焉思之，慚憤交集。急作書向梅公道罪。亦煩吾兄婉為說辭也……昆明狀態想依然。此地生活尚好，只是冗閒。不知明年可還我自由否。匆匆不盡。書

已專函寄梅公矣。即頌

近安

小弟　鍾書頓首　十二月五日

錢鍾書致梅貽琦信如下：

月涵校長我師道察：七月中匆匆返滬，不及告辭。疏簡之罪，知無可逭。亦以當時自意假滿重來，侍教有日，故衣物書籍均在昆明。豈料人事難排，竟成為德不卒之小人哉。九月杪屢欲上書，而念負母校庇蔭之德，吾師及芝生師栽植之恩，背汗面熱，羞於啓齒。不圖大度包容，仍以電致。此電寒家未收到，今日得婦書，附茀齋先生電，方知斯事。六張五角，彌增罪戾，轉益悚惶。生此來有難言之隱，老父多病，遠遊不能歸，思子之心形於楮墨。遂毅然入湘，以便明年侍奉返滬。否則熊魚取捨，有識共知，斷無去滇之理。尚望原心諒跡是幸。書不盡意，專肅即叩

鈞安

門人　錢鍾書頓首上　十二月五日

致沈履信所說「十四日得季康書」，當是十一月十四日，錢鍾書到達藍田書院的日子，因爲他路上走了三十四天。給梅校長信上的「今日」，當是泛說「現在」。他跋涉一個多月到達藍田，方知梅校長連著給了他兩個電報。他不該單給葉先生寫信而沒給梅校長寫信，這是他的疏失。梅校長來電促他回校，實在是沒想到的「大度寬容」。不知前一個電報是由誰發的、什麼時候發的。我們確實沒有收到，不知校方是否查究過這個電報的下落。第二個電報偏又遲到了一兩天。如果鍾書即時收到任何一個電報，他是已經接了聘約的，清華沒解聘，他就不能擅離本職另就他職。他有充分理由上稟父母。他可以設法去看望父親，而不用離開清華。命運就是這麼彆扭。工作才開始，就忙不迭地跳去「高昇」了。不成了一個「爲德不卒」「有始無終」的「小人」嗎！鍾書所謂「難言之隱」「不堪爲外人道」的「隱情」，說白了，只是「迫於嚴命」，而鍾書始終沒肯這麼說。作兒子的，不願把責任推給父親，而且他自己也確是「毅然入湘」。鍾書就是在這樣的情況下，離開了西南聯大。

附錄一

錢瑗病中記

錢瑗病中記。她患脊椎癌，住進医院時癌症已屆末期，但她本人和父母都不知實情。她於一九九五年底腰痛求医，一九九六年一月住院；因脊骨一節坏死後不復有痛感，她雖然只能仰臥硬板床上，而且问病的人络绎不绝，她还偷功夫工作並閱讀。十月间，她記起我曾說要記一篇《我们仨》，要求我把这題目讓给她。我當然答应了。仰臥写字很困难，她却乐於以此自遣。十一月医院报病危，她还在爱惜光陰。我不忍向她实說。一九九七年二月二十六日，她写完前五篇。我劝她养病要緊，勿勞神。她實在也已力竭，就听话停筆。五天以後，她於沉睡中去世。這里发表部分草稿和一篇目录。

1997

我们仨

记事珠

~~钱瑗~~

~~记得在小学学写作文时用的~~

"一寸光阴一寸金，寸金难买寸光阴。"这是上小学时，作文开头的套话。现在，活到六十岁的时候，多少也明白了这句话总结了千百年来为大家所接受的真理。人生在世，应该珍惜光阴。不久前，我因病住院，躺在床上，看着光阴随着滴滴药液流走，就想着写点父母如何教我的事；从识字到做人。也就是不敢浪费光阴的一点努力。

圆：去世前六日，因写字劳神，乃停笔。

附录

我们仨

目录

(十)

(十一)

[illegible]

(十二)

(一) 爸爸逗我玩

我于1937年五月生于英国牛津，因我的哭声大，护士戏称我为"Miss Sing High"("星海小姐")。我(出生)一百天随父母到法国，两岁后回国。父亲单身到内地教书，母亲则带我回到上海，她当上了一个中学校长。1941年父亲由内地辗转回到上海，我当时大约五岁。他天天逗我玩，奶奶说他和我是"老鼠哥哥同年伴"。

我当然非常高兴，撒娇、"人来疯"，变得相当讨厌。

大的也要打一顿，小的也要打一顿。

爸爸不仅(用墨笔)在我脸(上)画胡子，还在肚(子)上画鬼脸。不过他的拿手还是编顺口溜，起绰号。有一天我午睡后在大床上跳来跳去，他马上(说)："身上穿件火黄背心，面孔象只屁股(猢狲)"。我知道把我的脸比作猴子的红屁股不(是好话)，就

(形容我的样子是)

撅咀撞头表示抗议。他立刻把我比作猪撅咀，牛撞头，吐沫（鼓着腮帮子发出"pooh，pooh"的声音）。我一下子得了那么多的绰号，其实心里还是很得意的。

、蛙凸肚（凸出肚子假装生气）。

爸爸还教我说一些英语单词。单词短的如狗、猪、猫、狗，最长的是metaphysics（形而上学）。见还有潜力可挖，就又教我几个法语或德语单词，大都是带有屁屎的粗话，不过我当时并不知道。有朋友来时，他就要我出去卖弄，我就象八哥学舌那样回答，客人听了哈哈大笑。我以为自己很"博学"，不免沾沾自喜，塌鼻子都翘起来了。

（四）我犯"混"，大受批评

到清华后，我开始熟悉环境。先是到大礼堂，同方楼；后来又发现了航空院后有几架废飞机；然后走到天文台那里去"探险"；走累了，坐到荷花池边，等对面钟亭的悠悠钟声：每天定时有工人来撞一口大铜钟，通报时辰。

走遍了校园的各个角落之后，我认定，水木清华是世界上最美丽的地方。

当然，也碰到过刹风景的事。西客厅屋前是一块空地。初住进去时，我看到毗邻有个月洞门，不免好奇，就钻过去一探究竟。没有想到，里面又过是个堂食，大师付正在杀鸡。然后就顺手扔到我家屋前的空地上，被割断喉管的鸡垂死挣扎，扑腾着翅膀，满院被"飞"爬，凄厉的叫声令我胆战。这成了我以后领悟为什么'杀鸡'可以'儆猴'的最初实例。

到清华后，父母本打算让我上附中的初二，没有想到，按校方的新规定，我年龄不足，只能上初一。要浪费一年时间，很不值得，又见我身体不够好，决定让我休学。他们当时对我的要求不高，每天练毛笔字两页，每周学点英语文法并做练习，读熟一篇英语课文。由爸爸定期检查。每天我有足够的自由支配时间。我到灰楼（音乐楼）去学弹琴。每月只需交一元钱就可每天练一小时。我常常钻空子，我只要一见有的琴房空着，就钻进去练，往往能多弹一到两小时。琴弹得不亦乐乎，就越来越不想做功课。一天我发现有几页大字上没有爸爸批改过的笔迹，抱着侥幸心理以旧充新，他竟然没有察觉。到第三次，他才发现了，大怒，骂我弄虚作假，是品德问题。气冲冲地把文法书撕了，并发誓，再不教我读书。妈妈也狠狠地批评了我，还责令我把书补好。这以后我倒不再犯"混"，老老实实跟妈妈学完了初中的代数、几何、化学、物理等课程。

1951年，我考上了五一女中（即原来的贝满女中）上高一。这种"不知愁滋味"的生活也随着星移斗转而逐渐流逝了。

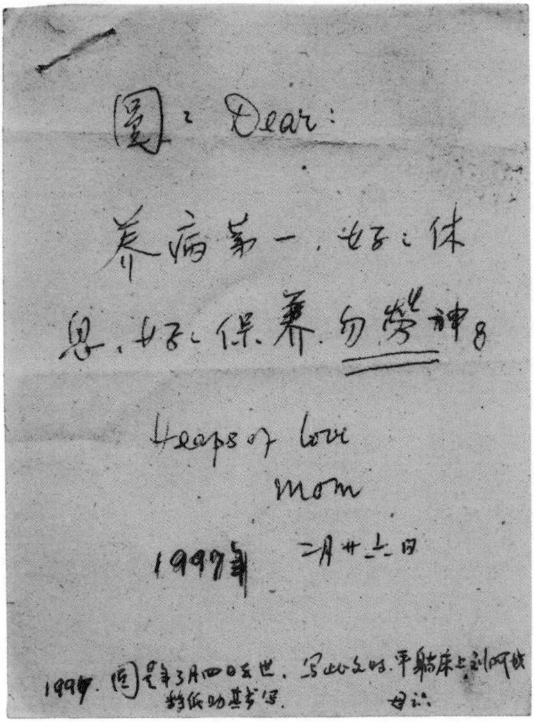
圓圓Dear：

养病第一，好好休息，好好保养，勿劳神。

Heaps of love

Mom

1997年 二月廿二日

1997. 圓是年3月四日去世。写此文時，平躺床上，刘阿姨持纸助其书写。 母识

附錄二

錢鍾書、楊絳、錢瑗家書

上半頁我的字易辨认。"公私兼顾"起是鍾書写的。"走筆成詩"下，看不清楚，重抄一过。

一身而三任
此事古未有
暫充兩頭蛇
莫作三頭狗（Cerberus）
不從父母誡
夫言當聽受
若還執己見
大棒叩汝首
"啊喲痛煞哉！"
要逃沒處走。

"九日"指1974年12月9日
"咱們流亡一周年"，当時住
社科院七樓西尽头一办公室。

蟈兒：

不知你是否通情達理，听取群众的意見（三人為众），今天乖乖在家休息。明天若多休一天，定获大效。我估计你未必听話，即使今天休息，明天必去拚命。大雪天路滑車挤，若你必欲"积极"，晚上挤上了車直接回家吧，不要再繞道來了。早休息，我們也放心点。"公私兼顧"，非高水平人不能，你無此能耐，只是"秃子當和尚——將就材料"而已。对了学校去充当eager beaver，就不必來此作filial daughter，還是回家作dutiful wife罷。这件事平日也够费力，病中更不宜。不一，日

老董成語：一身而三任，此事古來未有；暫作兩頭蛇，莫作三頭狗（Cerberus）；不聽父母言誡，夫言當聽受；若還執此見，大棒叩汝首。"呵喲痛煞哉！"要逃沒處去。

Pop 字 Mom

九日（1973年12月9日清止師大）

（咱們流芳一周年。）

74年5月22 偶誌

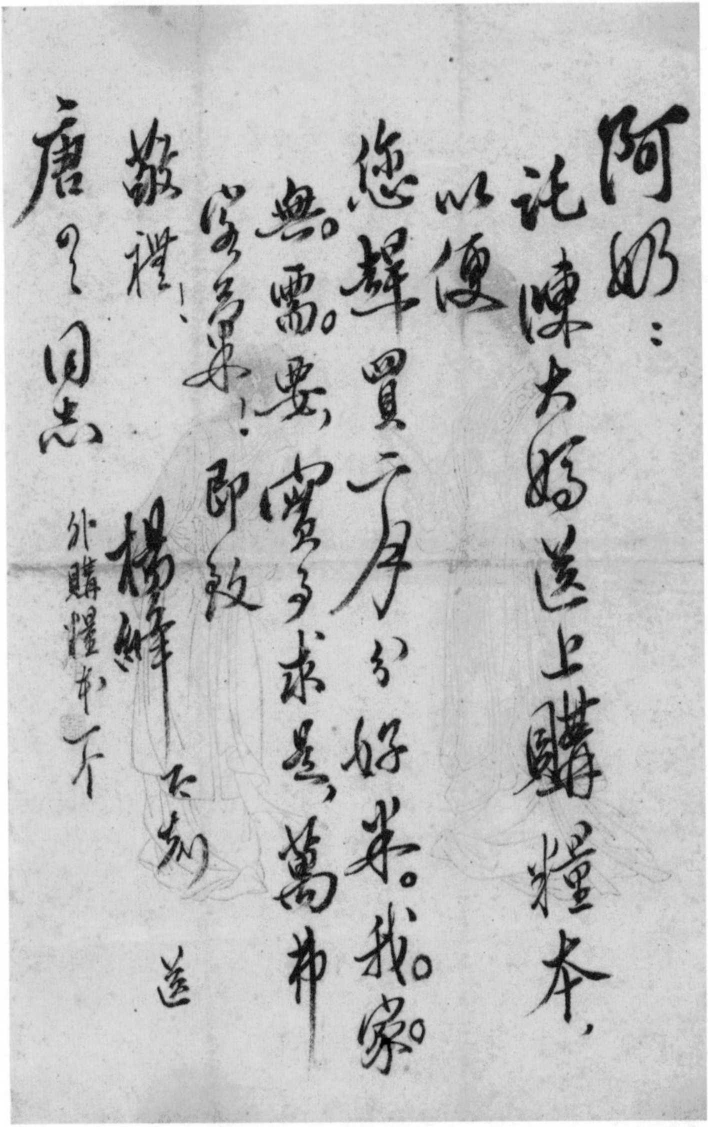

阿奶：

託陳大媽送上購糧本，以便您輝買下月份好米。我家無需要，實事求是，萬祈家人安好！即致

敬禮！

楊絳 下刻 送

唐雲同志

外購糧本一本

此信是鍾書寫的。阿奶是我們的親家媽，也即唐雲同志

「墨黑糰子」是当时走俏的一种点心，不记是否「驴打滚」

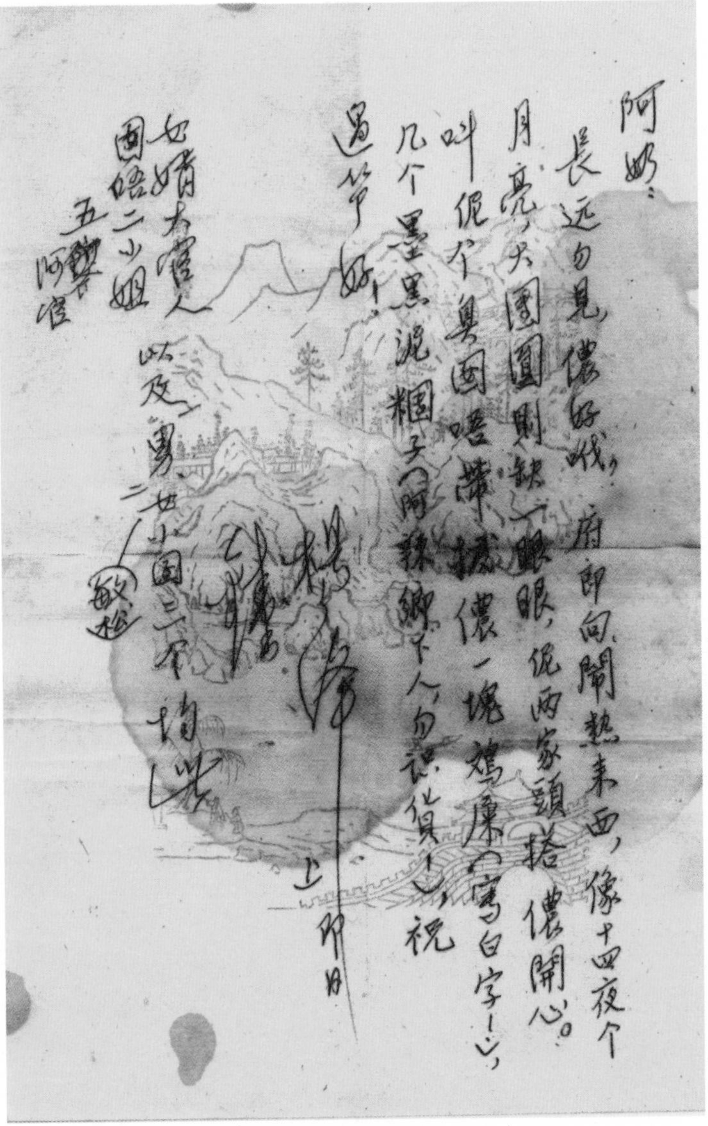
阿奶：
長远勿見，儂好哦？府郎向闹热来西，像十四夜个月亮，只团圆则缺一眼眼，伲兩家頭搭儂開心。
叫伲个男囡唔帶拨儂一塊雞蛋糕（寫白字！），几个墨黑泥糰子（阿鄉鄉下人勿識貨！）。祝
過節好！

上
印日

女婿大官人
囡囡二小姐
五官阿侄
以及男二女小囡三个 謹上
敏松

錢瑗得知爸爸特地坐起来为她写信，而写的字像天書，

她就預先写了回信，请爸爸不要劳神写信。

BEIJING NORMAL UNIVERSITY 北京師範大學 外语系

FOREIGN LANGUAGES DEPARTMENT BEIJING NORMAL UNIVERSITY

七月十九日.星期五

Dear Pop,

听mom说，你昨天特意坐起来给我写信，我非常高兴。(信小王星期天送来) 我虽未看到信，先给您写回信。

星期一我去做了C.T.，医生说胸水又少了，骨头的情况也有改善，不过仍不许我"轻举妄动"——不可以猛然翻身，在床乱滚。我就"文静"地移动，这就比完全仰卧不许动有很大进步。还可以侧身。

我每天晚上和mom，老guy通过电话后，就看侦探小说，相当"乐寿"。

一切都好，勿念。Lots of love.

Oxhead 敬上

圖2 1997年新年給爸爸信。"翻司法脫（face fat）臉蠻肥"是一句笑話書上的"洋涇浜詩"，爸爸常用來逗女兒的。

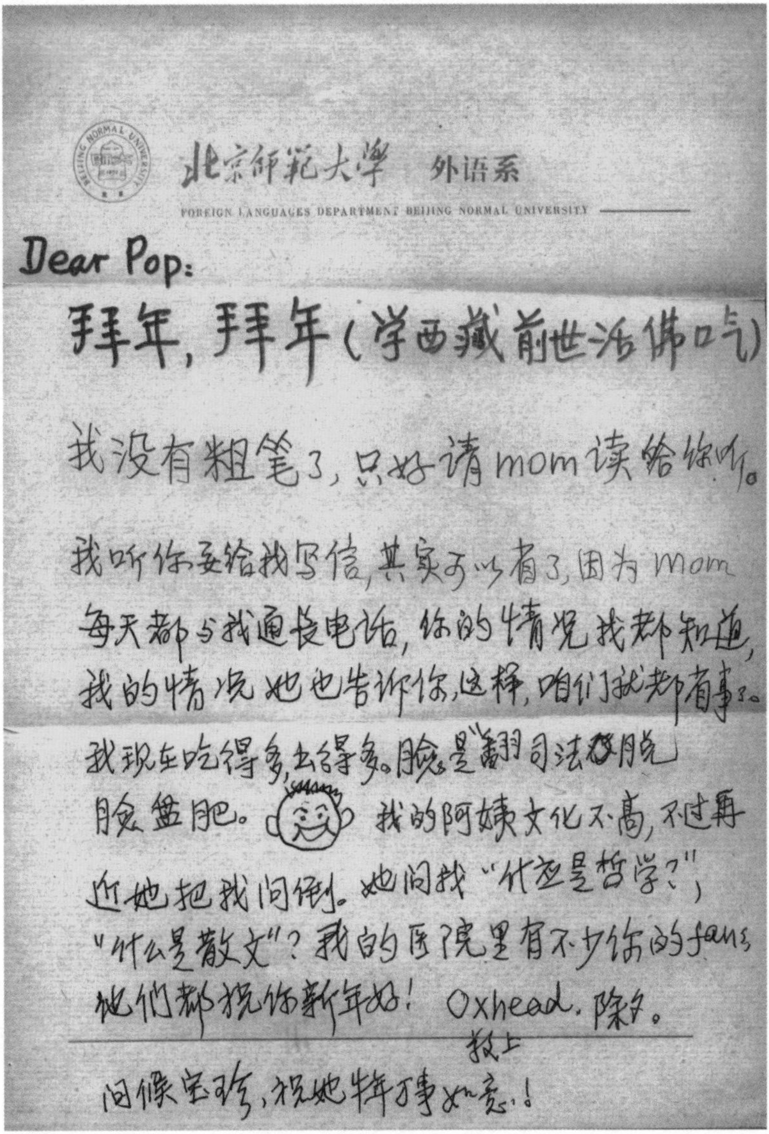

北京師範大學 外语系

FOREIGN LANGUAGES DEPARTMENT BEIJING NORMAL UNIVERSITY

Dear Pop:

拜年，拜年（学西藏前世活佛口气）

我没有粗笔了，只好请mom读给你听。

我听你要给我写信，其实可以省了，因为mom每天都与我通长电话，你的情况我都知道，我的情况她也告诉你，这样，咱们就都省事了。

我现在吃得多，去得多。脸是"翻司法脱"脸盘肥。我的阿姨文化不高，不过最近她把我问倒。她问我"什么是哲学？"，"什么是散文"？我的医院里有不少你的fans，她们都祝你新年好！Oxhead. 除夕。

敬上

问候宝珍，祝她牛年事事如意！

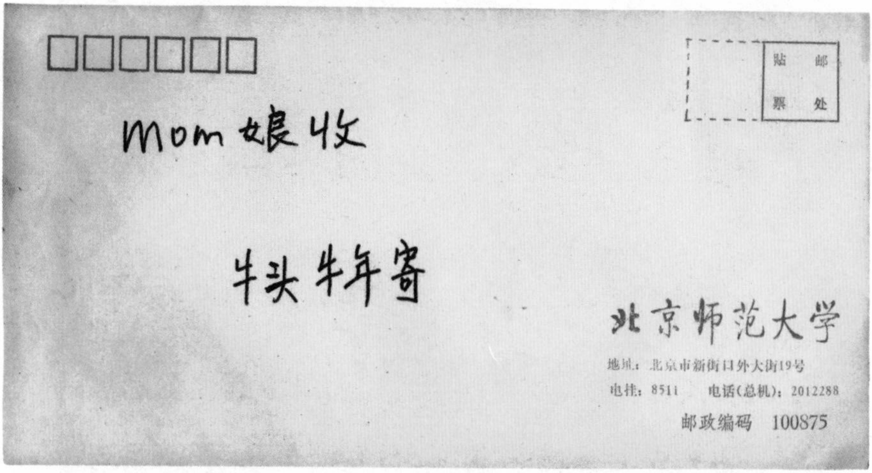

圓圓新年給媽媽信。她电话里請我代她押韵．我試改"母氏劬勞"，但嫌太文．他已滿意，我也没心思再改。"牛兒不吃草"就是不能進食了。

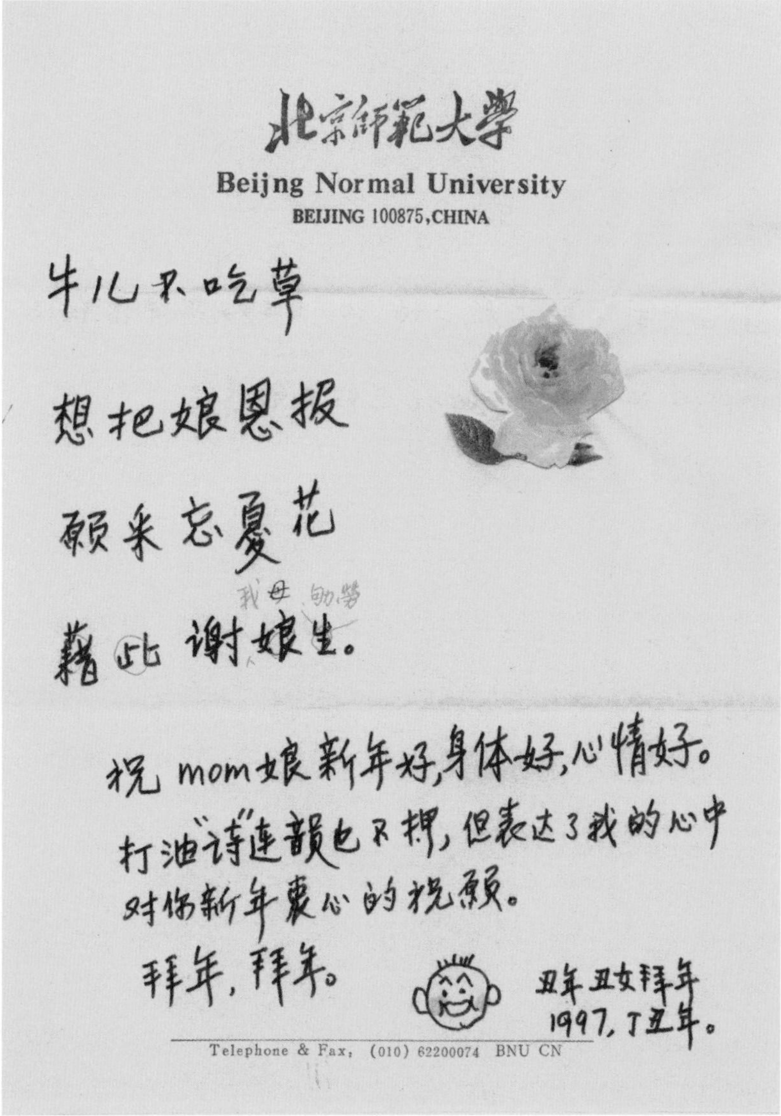

北京師範大學

Beijng Normal University

BEIJING 100875, CHINA

牛儿不吃草

想把娘恩报

願采忘憂花

我母 劬勞

藉此谢娘生。

祝mom娘新年好，身体好，心情好。

打油诗连韻也不押，但表达了我的心中对你新年衷心的祝願。

拜年，拜年。

丑年丑女拜年

1997，丁丑年。

Telephone & Fax: (010) 62200074 BNU CN

圓圓去世前不久，不放心媽媽的一日三餐，特寫信教媽媽如何做簡易飯食，她自己已經不能進食

圓是年三月四日去世，寫此文时，平躺床上，刘阿姨持纸助其書写。　　　母識

北京師範大學

Beijing Normal University

BEIJING 100875, CHINA

Dear Mom，这次插胃管（减压器）倒不难受，只是我不知道拔了是否又会胀，不敢拔掉。插胃管后，靠点滴，不可多喝水，要禁食禁水。这样，我只好闭嘴，尽量少说话，不然口干舌燥，所以也不好与你打电话了。昨天睡了一天，今天倒不困，一切都还好。赵小明夫妇来，送一大捧鲜花，我也只是"哑子"相迎。现在嘴里含块湿纱布。

Guy来告我你的出售秘书事及用车优待，也一放心。

你可以叫小王买点菠菜面、蕃茄面，不是挂面，是块状的，广东福建出的，超级市场一定有，与牛肉汤、猪肉汤煨成烂糊面 如：牛肉汤＋胡罗卜＋芥菜＋西红柿＋蕃茄面

猪肉汤＋莴笋块或芥菜心 ＋菠菜面

你大约爱吃，一小块面就够，但烧的时间较长。

望保重

Oxhead

1997春 去世前不久

Telephone & Fax: 2013929. Telex: 222701 BNU CN

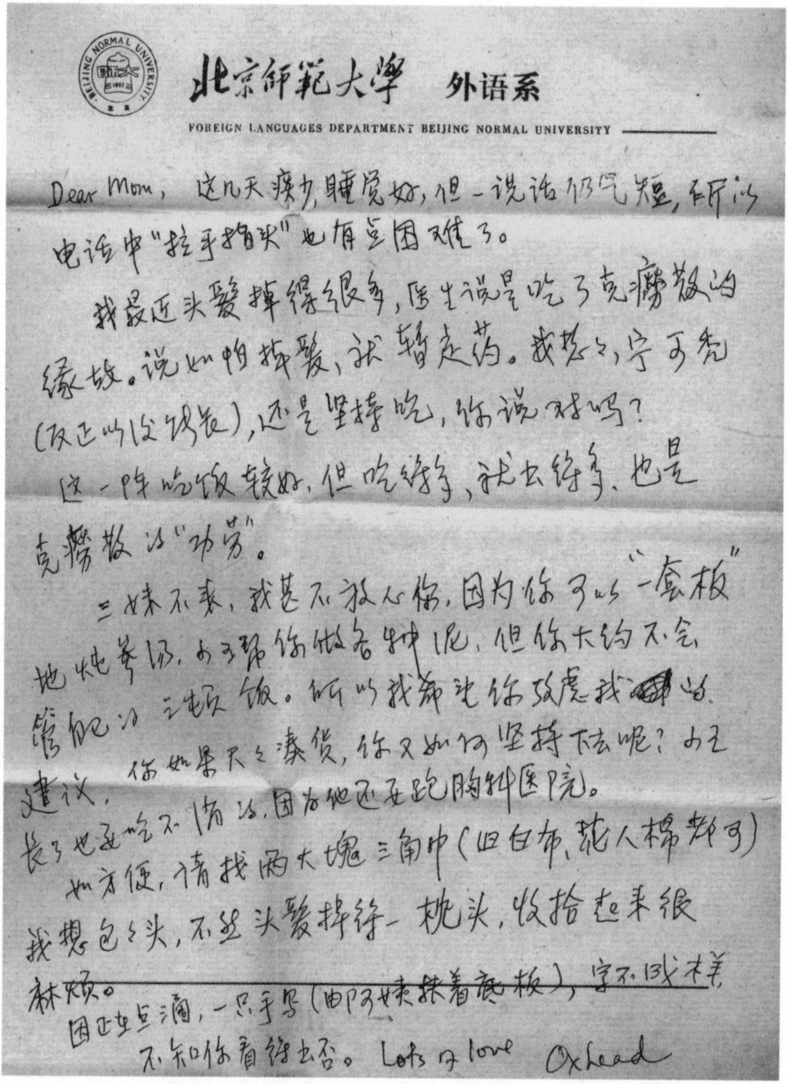

北京師範大學 外语系

FOREIGN LANGUAGES DEPARTMENT BEIJING NORMAL UNIVERSITY

Dear Mom, 这几天疲乏，睡觉好，但一说话仍气短，所以电话中"拉手指头"也有点困难了。

我最近头发掉得很多，医生说是吃了克霉散的缘故。说如怕掉发，就暂停药。我想想，宁可秃（反正也没结发），还是坚持吃，你说对吗？

这一阵吃饭较好，但吃得多，就出得多，也是克霉散的"功劳"。

三妹不来，我甚不放心你，因为你可以"一套板"地炖汤，可帮你做各种泥，但你大约不会管自己三顿饭。所以我希望你考虑我的建议，你如果天天凑合，你又如何坚持下去呢？可以长了也会吃不消的。因为她还在跑胸科医院。

如方便，请找两大块三角巾（旧白布、花人棉都可）我想包包头，不然头发掉得一枕头，收拾起来很麻烦。

因正在点滴，一只手写（由阿姨扶着底板），字不成样不知你看得出否。Lots of love Oxhead

"三妹"是我家阿姨。因丈夫中风，不来我家工作了。圆圆很为妈妈担心。

附錄三

錢瑗為錢鍾書畫像

錢瑗為爸爸画像

褲子太肥了!
1988.8月

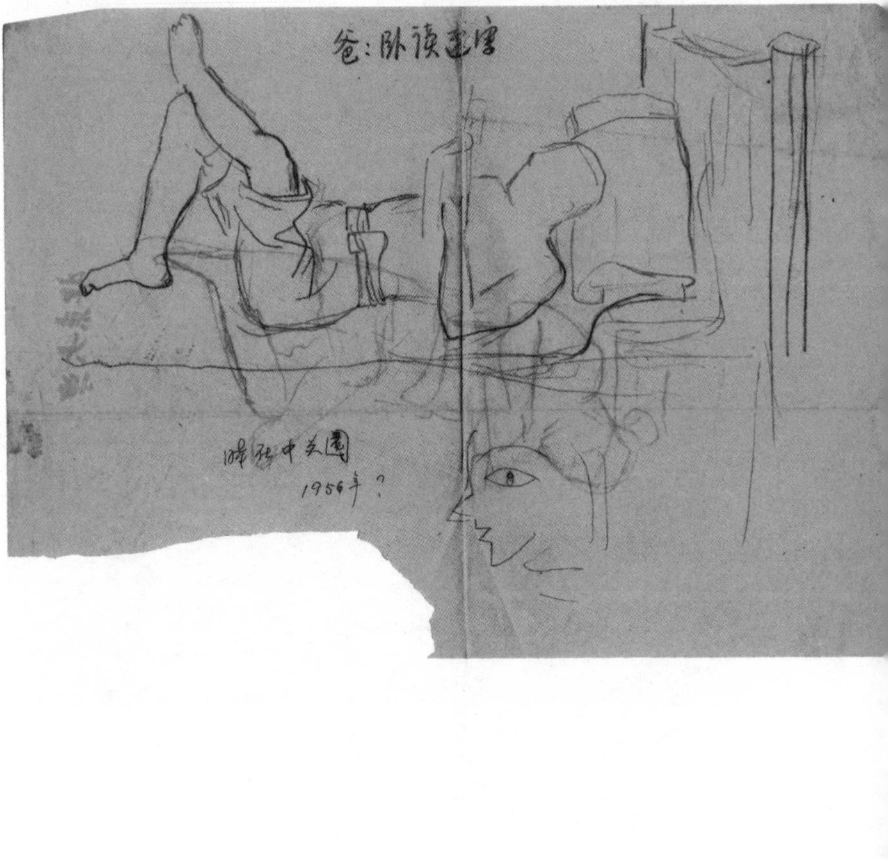
爸：卧读速写
時在中关園
1956年？

1981.1.5
My father doing a major.

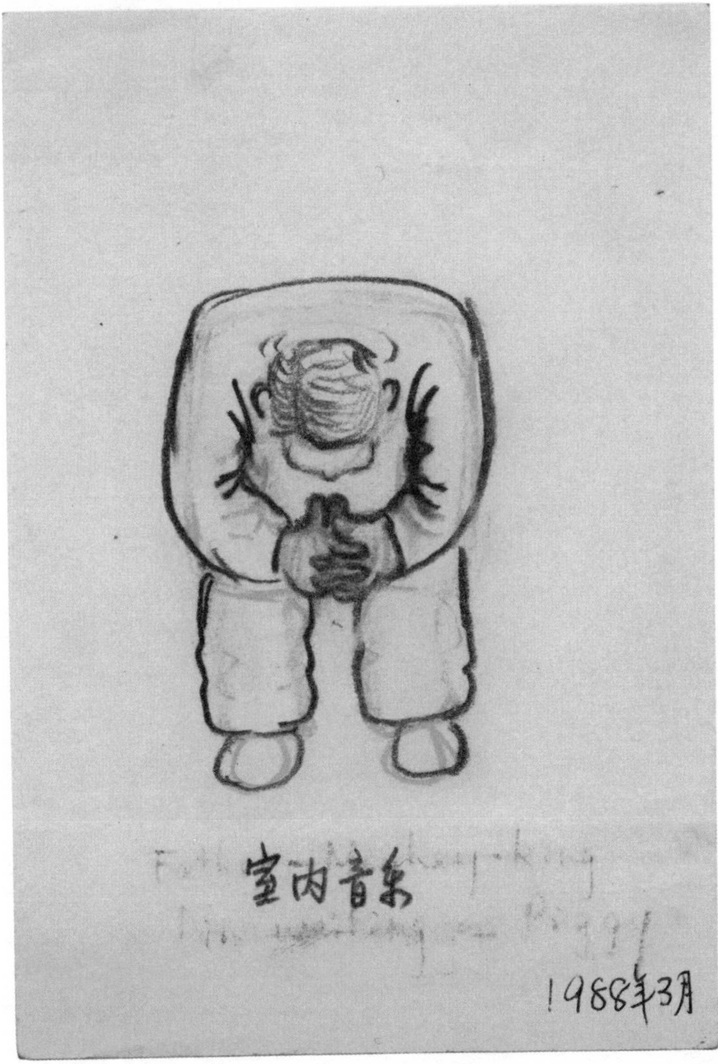
室内音乐
1988年3月

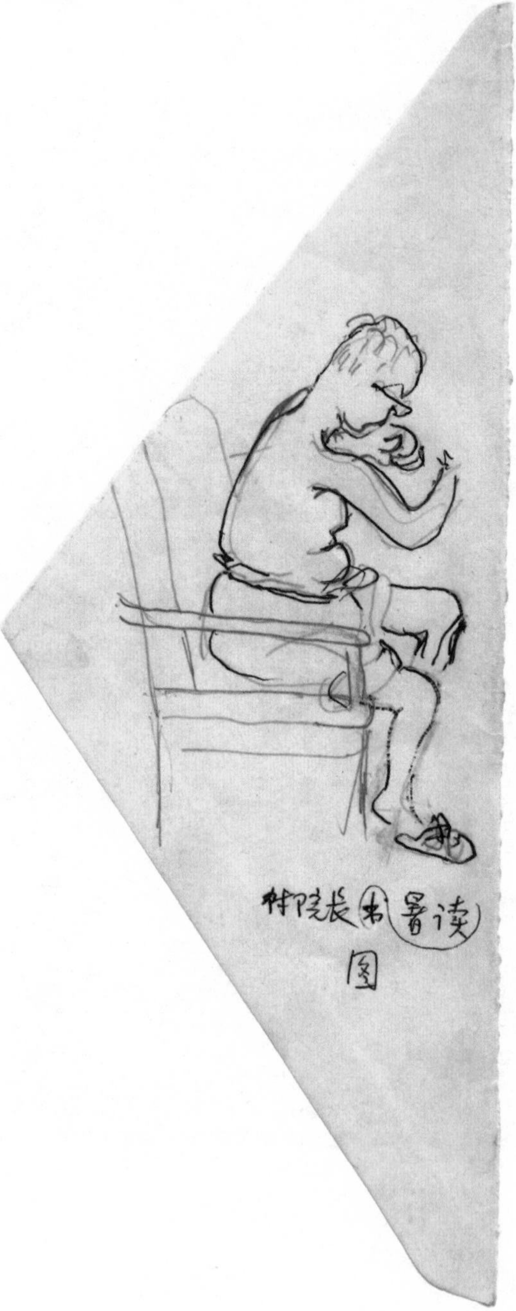
村院長书暑读
图

衣冠端正
未戴牙齿。
寒丑
爸爸作丑态 ○○画
1990、1、9日

鍾書遣阿姨買菜，阿姨不認字，要求「先生」画出來。鍾書勉為其難。

1. 鷄也

2. 蛋也

3. 黄瓜也

4. 東西也

5. 面包也

切片的方面包

或圓的大面包都行。

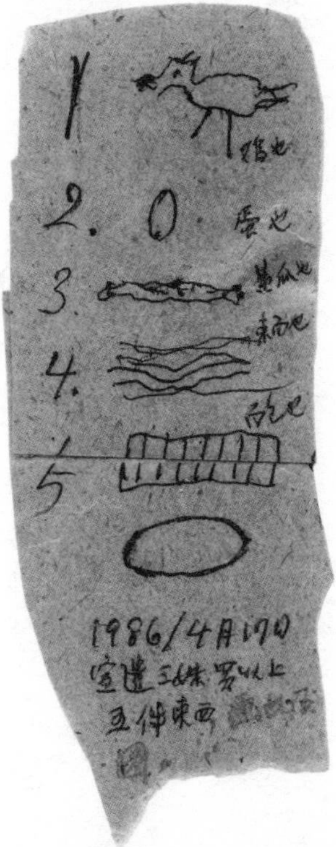

牛奶画不出来了。反正

阿姨能會意

「中書君」「管城子」都是「筆」的别称。「管錐編」「圍城」二書作者的筆名是「中书君」——绛注

中書君即管城子
大學者兼小说家
戲贈「管」「城」作者
楊絳 壬申四月

新人間叢書 77

我們仨

作　者—楊　絳
主　編—葉美瑤
編　輯—黃嬿羽
校　對—許常風、黃嬿羽
董事長—趙政岷
出版者—時報文化出版企業股份有限公司
108019 台北市和平西路三段二四〇號一至七樓
客服專線—（〇二）二三〇六—六八四二
讀者服務專線—〇八〇〇—二三一—七〇五・（〇二）二三〇四—七一〇三
讀者服務傳真—（〇二）二三〇四—六八五八
郵撥—一九三四四七二四時報文化出版公司
信箱—10899 台北華江橋郵局第九十九信箱
時報悅讀網—http://www.readingtimes.com.tw
電子郵件信箱—liter@readingtimes.com.tw
法律顧問—理律法律事務所　陳長文律師、李念祖律師
印　刷—紘億彩色印刷有限公司
初版一刷—二〇〇三年八月二十五日
初版五十刷—二〇二四年五月二十八日
定　價—新台幣二二〇元

時報文化出版公司成立於一九七五年，
並於一九九九年股票上櫃公開發行，於二〇〇八年脫離中時集團非屬旺中，
以「尊重智慧與創意的文化事業」爲信念。

封面圖片：抗戰勝利後，約 1946 年，攝於上海。
封底圖片：錢瑗所繪父親身影。

我們仨 / 楊絳著． — 初版． — 臺北市：時報
文化，2003〔民 92〕
面；　公分． — (新人間叢書；77)

ISBN 957-13-3954-7 (平裝)

855　　92013508

ISBN 957-13-3954-7
Printed in Taiwan